梦的尽头，爱的谜底

安娜芳芳/著

重庆出版集团
重庆出版社

图书在版编目(CIP)数据

梦的尽头,爱的谜底 / 安娜芳芳著. —重庆:重庆出版社,2014.9
 ISBN 978-7-229-08164-5

Ⅰ.①梦… Ⅱ.①安… Ⅲ.①都市小说—中国—当代 Ⅳ.①I247.5

中国版本图书馆CIP数据核字(2014)第128611号

梦的尽头,爱的谜底
MENG DE JINTOU,AI DE MIDI
安娜芳芳 著

出 版 人:罗小卫
责任编辑:陶志宏 何 晶
责任校对:刘 艳
装帧设计:重庆出版集团艺术设计有限公司·卢晓鸣 黄杨

重庆出版集团
重庆出版社 出版

重庆长江二路205号 邮政编码:400016 http://www.cqph.com
重庆出版集团艺术设计有限公司制版
自贡兴华印务有限公司印刷
重庆出版集团图书发行有限公司发行
E-MAIL:fxchu@cqph.com 邮购电话:023-68809452
全国新华书店经销

开本:880mm×1230mm 1/32 印张:8.75 字数:180千
2014年9月第1版 2014年9月第1次印刷
ISBN 978-7-229-08164-5
定价:28.00元

如有印装质量问题,请向本集团图书发行有限公司调换:023-68706683

版权所有 侵权必究

目 录

Chapter.01　是谁躲在暗处 / 001

Chapter.02　没有依靠，除了自己 / 041

Chapter.03　似是故人来 / 081

Chapter.04　登上回忆的岛屿 / 129

Chapter.05　请让我爱你一次 / 173

Chapter.06　梦的尽头，爱的谜底 / 223

番外之一 / 252

番外之二 / 266

Chapter. 01

是谁躲在暗处

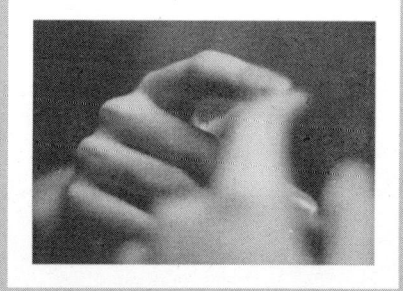

据说女人若想幸福，就该同自己所爱的人恋爱，同爱自己的人结婚。呵，假如生活真像方程式般有证必解，幸福将会是多么简单的一件事情。

但是我知道，悲哀的结局往往源自一个看似正确的开始。

试问，哪个女人不渴望幸福？又有几个真的敢称幸福？

我也是一个女人。

和大多数女人一样，我在二十六岁的年纪结婚。丈夫名叫景雪平，是我的大学同学。三年之后，我二十九岁的时候，我们的儿子出生。又过了七年，我与景雪平离婚，成为单身母亲，开始独自抚养儿子景小轩。那一年，我三十六岁。

离婚时我与景雪平闹得颇不愉快。因此分手后，我们之间便断绝了所有的联系。景雪平从未支付过抚养费给小轩，对我来讲，他这个人已不复存在。没有了景雪平，我和小轩相依为命，生活得寂寞而平静。

直到一年多前，那个严冬的深夜。

户外寒风呼啸，从窗棂上传来连续的闷响。像有只隐形的巨鸟在那里拼命拍打翅膀，一边叫着：放我进去，放我进去。

Chapter.01　是谁躲在暗处

儿童房的小床上，小轩早已入梦。我窝在自己卧室的沙发上，喝一杯睡前的红葡萄酒。加州纳巴酒庄的原装进口酒。我从熟识的私人红酒吧中成箱订购，配新鲜的法式乳酪，每三天消耗掉一瓶。这在离婚前根本无法想象，如今却成为生活习惯之一。

不喝一杯就睡不着。单身女人的小享受，总好过夜夜靠药物助眠。话又说回来，离婚前我是从不失眠的。

离婚一年之后，就开始有热心人为我张罗。作为年近四十的单身母亲，我对新生活并没有太大期待。男人，或者会给生活带来某些便利，但随之而来的麻烦更多。在权衡利弊之后，我婉言谢绝了所有好意。

平平安安地把儿子带大，是我当前所见的最实际的人生目标。

电视机开着，但被我调成静音。画面闪烁，色调艳俗，肥皂剧中年轻男女粉嫩的面颊和夸张的表情，处处暴露人心的空乏。

能够演出来的，永远只有漫画式的人生。连眼泪都缺斤少两。

就像此时的我，全身轻飘飘的。一颗心没着没落。

我已微醺。

离鸟的哀鸣从窗边来到耳旁——放我进去，放我进去！

我猛然惊醒。手机在茶几上闪个不停——不认识的号码。

"喂？"我随手接起来。

"是……朱燃女士吗？"

"是我。"我感到奇怪。素不相识的年轻女声，语调急迫，透出紧张。我甚至能听到牙齿相叩的声音。她在发抖。

"我是朱燃，"我又说一遍，"请问你是谁？找我有事吗？"

"你……唔……景雪平……您，您是景雪平的妻子吗？"

我不禁皱起眉头。

"景雪平？"

"是……是景……"她哆嗦得更厉害了，说不出连续的话。

胃里开始翻腾。许久没有听过的名字，对我竟还有这样强烈的作用。

"对不起，你搞错了，我不认识什么景雪平。再见——"

我要挂机。

"等等！"她叫起来，急促地说，"我知道，我知道你是景雪平的前妻。请别误会，我是这边临终护理院的护士，景雪平不行了，他想见你。"

"什么？"

"景雪平病危，最多撑不过这两天。他提出的临终愿望就是见你，我仅代为传达。"

我一时语塞，脑海中像有整窝的蜜蜂在乱舞。

"朱女士？"

我定一定神，竭力用冷漠的语气说："谢谢你的好意，不过我确实与景雪平已经没有关系，我也不想见他，对不起。"

"朱——"

我挂机。

我给自己倒了杯酒，手颤得厉害，洒了不少在外面。我把酒一

Chapter.01　是谁躲在暗处

饮而尽。

手机还在拼命闪,我瞪着它。

然后,鬼使神差般地,我居然又一次向它伸出手去——

通了。这回,那一头无声无息。电话像是通进了一间空屋。

空空如也。

啊不,可是我听得见,我感觉得到,那里分明存在着什么。

是呼吸,是心跳?还是恨,是悔?是人类所有怨念的聚集,所有执着的终结?

抑或,那根本就是死亡本身?

我惊叫一声,把手机重重地扔在地上。背板裂开,电池飞出去好远。

再没有电话打进来。

随后的夜变得无比漫长。时间像拖着千钧重担向前爬行,每走一秒都令人筋疲力尽。第二天上班完全不在状态。好不容易挨到下午,接到女友沈秀雯的来电。

她吞吞吐吐:"朱燃,有个坏消息。"

"坏消息?"

"景雪平死了。"

我有些发木。睡眠不足损伤大脑,理解力显著退化。

"朱燃?"

"哦,他死了……"我干巴巴地说,"你怎么知道的?"

"是他母亲,想通知小轩参加追悼会。找不到你们,拐弯抹角找到了我。"

"你答应了?"

"怎么会。我只推说你在国外,我也联系不上。"沈秀雯迟疑了一下,"朱燃,你肯定不去追悼会吗?小轩是不是该……"

"小轩没必要知道这个。"

"好吧,随你。"她叹口气。

我问:"她有没有告诉你景雪平几时死的?"

"三天前吧,说是已经住了半年医院,看着没指望了,他妈就把他接回乡下老家。刚回去才几天,人就没了。当时身边只他妈一个人。"沈秀雯还在絮絮叨叨,我什么都没听见。

景雪平三天前就死了。那么昨夜的来电是怎么回事?

难道是幻觉?或者噩梦?但我记忆犹新,那绝对是真实发生的。

各种情绪拥塞在心头,渐渐化成一片混浊的恐惧。好像正在闷头夜行,突然空中一道闪电,照出几步开外的漆黑地穴。不敢凑上去看,怕底下伸出手来,一把将我拽入。又避不开,它就横亘在前方,堵住去路。

我还是去了景雪平的追悼会。

殡仪馆里最不起眼的小厅,位置又偏。颇费一番周折才找到。来人稀稀落落,站不满逼仄的空间。为避免被人发现,我只能远远地站在室外的栏杆下。距离太远,墙上挂的照片像白布上的黑斑。更没有机会走上前,看一眼景雪平的遗容。

如同,长篇故事画不上最后一个句号。

Chapter.01　是谁躲在暗处

烧纸的烟火气，随着寒风不时扑到脸上。呼吸不畅，胸口像堵着一块巨石。小小的送灵队伍过来了，景母步履蹒跚地走在最前头。一片灰蒙中，她的满头白发格外醒目。我赶紧扭头离开。

沿着殡仪馆的外墙，我一直走了很久。最后停在一个十字路口。茫然四顾，红绿灯在黄昏般暗沉的天色中闪耀不止，每个方向都是拥挤的人流和车流。水泄不通，仿佛无始无终的围城。我这才感到全身都僵硬了。抬手摸一摸，面颊上是湿的。这泪，不像从眼里流出来，倒像是从体内冻出来的。

原先没想到自己会哭。

景雪平的的确确是死了。直到此刻我才能肯定这一点。景雪平只是个平凡的小人物，今后没几个人会记得他。在所有人中间，我大概是最想忘掉他的，但恐怕也是最难如愿的。

自从下决心承认自己婚姻失败，我就发誓将景雪平排除出今后的生活。他一死，本应是彻底的了结。我可以好好松口气的。可为什么，这了结会拖上一个尾声？

景雪平，当真是死也不干脆。

好在现代人节奏忙碌，单身母亲的生活压力尤其巨大。也可能是选择性的遗忘吧。渐渐地，景雪平的死，乃至那个夜晚的神秘来电，留在我头脑中的印象趋于淡漠。

仿佛，真的可以了结了。

又快一年过去了。

这是一个平常的周五。晚上将近十点的时候，我去叫小轩睡觉。

"让我再玩一会儿嘛。"他用小手挡着iPad撒娇。

"不行！"我板起面孔。我平常对儿子并不娇纵，所以还有点权威，"功课都做完了吗？"

"早做完了！"他抗议似的抬高声音，哗啦把iPad推到一边。

"赶紧去洗澡。"

小轩跳下椅子，光着脚丫往洗手间跑。我拎起他的小黄鸭拖鞋尾随。把鞋子在淋浴房前面摆好，我转身要关门。

"妈妈，今天你帮我洗好吗？"

我诧异地回头。小轩的双眼亮晶晶的，如两颗玲珑剔透的黑葡萄。神情像极了一只殷殷期盼的小猫。

心上一紧。为了锻炼小轩的自立能力，从上小学起我就命他自己洗澡。他适应得很快很好，从不给我添麻烦。

"妈妈——"

我走过去，打开花洒。热水哗哗地浇在小轩的头上。他咯咯地笑起来，很开心。

这孩子。

"今天是怎么了？人来疯？"我在他瘦瘦的脊背上抹沐浴乳，用力打出泡来。小轩在同龄儿童中偏瘦，但是筋骨很结实，是我坚持带他锻炼的成果。

小孩子是胖不得的。他们的身体在漫长一生中还要接纳不计其数的养分和杂质，必须给未来留出空间。我握住小轩细细的胳膊——终有一日这小猴儿般的轻灵会消失，全转为成人世界的粗与

Chapter.01　是谁躲在暗处

实，思之令人生厌。

我情不自禁地叹口气：小孩子如果能永远长不大，该有多好。

"妈妈，你忘了吗？今天我过生日呀！"

我一愣："不是明天吗？"

"我的生日长哦，从今天一直到明天。"

我听不懂他的话。

小轩把他的湿脑袋直接靠过来，我的胸口顿时一片狼藉。

"是你们自己说的……花了整整24小时才生下我，不就是从今天到明天？"

呵是这么回事。当时我努力要自然分娩，足足折腾了一天一夜才改为剖腹产，着实吃够了苦头。可是——我不记得我对小轩提起过这事。

我皱起眉头。不，我肯定我从未对他说过。

我沉默，小轩也沉默。匆匆冲洗完，擦干时他终于又鼓起勇气。

"是……爸爸告诉我的。"

我停下手注视他，孩子躲避着我的目光，眼角似乎有什么一闪。

"去睡吧。"我亲一亲他的小脸蛋，努力用快乐的声音说，"明天有生日会。"

我希望他能开心入眠。无论如何，明天景小轩将满十周岁。

回到自己房中，我面向窗口坐下。窗外一线江景，江面上黑黢黢的。对岸楼宇上的灯火大半熄灭，似暗紫色夜空下起起落落的剪影。即便如此黯淡，我还是觉得比白天的景色好看太多。

就为了这段景致，同样品质的房子，每平米我至少多花万元。总有人愿意掏这个钱，我是其中之一。自搬进来住以后，发觉很多缺憾。朝向不佳，灯光污染，汽笛扰人……虽此种种，我依旧认为值得。人生中最重大的选择，投资也好，嫁人也罢，对当事人而言往往无从全盘衡量利弊。正确与否不过一句自问，值得吗？

景雪平认为不值。我与他在许多问题上意见相左，越重要的事情分歧越大。当我终于肯对自己承认这一点时，我与他也走到了婚姻尽头。

离婚手续办妥后，我第一时间来签了这套房的合同。从此景雪平在我生命中的影响力归零。紧跟着迁户口，小轩得以顺利进入本区附属小学。有多少父母想方设法要在这所名牌小学为孩子谋个位置。我采用的是最直接的方式。当然，也是最昂贵的方式。我愿意付出这个代价。

离婚后的最初半年里，小轩时常问起爸爸。我不想骗孩子，只答爸爸与我们分开，他总是似懂非懂的样子。直到某一日起，突然小轩再不提爸爸。我不知道在他的心中发生过什么，也不敢探究。而今，小轩已是三年级的小学生。乖巧听话，成绩上佳，每次去开家长会老师都对他赞不绝口，令我很有面子。

可是为什么，今夜景雪平又出现在小轩的口中？

是因为即将到来的十岁生日吗？景雪平缺席小轩的生日已经两年，明天将是第三次。按理说孩子应该愈加淡忘才对。

"你总是这样以己度人，把自己当上帝。"

Chapter.01　是谁躲在暗处

我一惊。闻声看过去，窗边的沙发椅上坐着一人，面容漆黑，身体的轮廓有些模糊。一时间，我竟想不起有多久未见他。

"分开三年多了，"他像是听见我的心声，"你的脾气丝毫没变。"

然而他的语气却变了。我的心突突乱跳起来，说不清是震惊还是愤怒。

"我们有协议的，分手后你不可以再与小轩联络。你是不是找过他？否则他怎会……"我莫名地激动，竟然语不成句。

他没有回答。一片静穆中我听见在很远的地方，有两声汽笛响起，又缓缓落下。我闭起眼睛，心中一丝一缕地揪痛。

"朱燃，我只是来看看你。"

他确实变了，过去我从没听他用这样端然的语气说话。我记忆中的景雪平从来不能顺畅地表达自己，他的情感就像淤泥阻滞的河道，断续、迂回，既缺乏信心也没有力量。

但是今天的他竟有那么一点威严。

"是时候了。朱燃，你应该对小轩说实话。"

我盯着他。我的喉头发紧，出不了声。

"告诉他我已死去一年有余，景小轩不必再想念爸爸。"

"在他过十岁生日的当天吗？"我爆发出来，"还不如干脆让他忘掉你，彻彻底底，就当从来没有你这个人存在过！为什么，为什么你至今不肯放过我们！"

一声长长的叹息。

我猛地睁开眼睛，玻璃窗上只有我自己的影子，外面的夜色更黑。我去洗把脸，镜中我的眼圈通红，但是脸上并无泪痕。

梦境依然鲜活，景雪平最后的话音还在我耳际回响。脑中有一条细线森森颤动，随时就要绷断似的。

"朱燃，我知道你永远不会承认，是你毁了我们的家，是你让小轩承受痛苦，是你——害死了我！我要你付出代价，朱燃！我虽已死，也不会放过你的，决不……"

我冷笑。

好歹从小接受的是唯物主义教育。疑心生暗鬼。现在我确信了，要对付的只是自己的心魔。至于景雪平，哪怕在梦中也不过是以死相胁的弱者。我才不怕。

我去看看小轩，他已经睡熟。嘴里哼哼唧唧，似在梦中与人交谈。

可怜的孩子，小小年纪就经历离散。是我的错。

我替小轩整理被角，一张纸片从他枕下露出来。我捡起来，是如今已罕见的生日贺卡。不知是小轩的哪个同学送的？现在只有小孩子还用手工制作表达心意，再过些时日大概就全部电子化了吧……

卡片上写着一行字，"祝景小轩十岁生日快乐！"

这字迹烧成灰我也认得出来。

卡片从我的手中掉到地上，我攀住小轩的肩膀使劲摇晃："小轩！这卡片从哪里来的?！你说！你说啊！"

小轩惊醒，立时被我吓得号啕大哭，根本说不出像样的话。只

Chapter.01　是谁躲在暗处

管哭叫:"妈妈!妈妈!"

我们闹腾得太凶,小保姆红妹衣冠不整地从佣人房冲进来,用力拽我的手。

"太太,太太!你怎么啦?出什么事了?"

我略微清醒过来,拼命镇静自己。

"没事……"我往后退,一边命令红妹,"你哄哄小轩。让他睡觉……"

我奔回自己的卧房。

大约半小时后,红妹来敲门,站在门外向我汇报:"小轩睡着了。"

"好,谢谢你。"我多少平静下来。不想让她进来,便叹口气说,"你也去睡吧。真不好意思,这么晚了还吵到你。"

"是。"红妹应着,略一迟疑后又道,"小轩讲,卡片是从你包里翻到的。他以为是你带给他的……"

我答:"知道了。"

红妹走了。我仍然一动不动地坐在床沿上。对面的茶几上放着景雪平书写的生日贺卡。经过这半小时,我已经可以控制住手的颤抖。但依然不敢去触碰它。

不是我把它带给小轩的。

离婚后我与景雪平就再没见过面。迄今为止,我与他本人最接近的一次,应该就是在追悼会上了。之后景母还是设法找到了我的号码,打给我。在电话中竭尽所能,对我诅咒谩骂。她尤其痛恨的是，我没让小轩去送别景雪平。

天若有情天亦老。做人总有需要硬下心肠的时候，我只不过想保护我的儿子。她不也是为了她的儿子？各人立场不同。景母诅咒我不得好死，我根本不在乎。没有了景雪平，我与景母便是茫茫世上两名路人，从此老死不必往来。

是以，我至今没有告诉小轩景雪平已死。并非刻意隐瞒，只是不知该如何启齿。

很晚了，我必须要去睡觉，明天才有精神好好陪小轩过生日。我探出手去，终于把卡片拿起来。凉凉薄薄的一张硬纸而已，并没有化成口吐毒焰的蟒蛇。我把它放进手袋，同时做了个决定。查出卡片来历的时候，我将告诉小轩父亲的死讯。

我从不相信鬼神。再阴森恐怖的现实也是现实，现实就有解决的办法。我肯定我能找出真相，最要紧的是绝不能让小轩再受困扰。

我不可以退缩，因为我是一个母亲。

早晨我被小轩弄醒，他在我的床头翻筋斗。孙悟空大闹天宫。

"起来，起来！妈妈，生日会要迟到啦！"

才八点，我叹口气。今天是周末，我已多久没睡过懒觉啦？

"小轩别闹。约好的十点到，去早了也不礼貌。"

"妈妈！早点去嘛，我想去看多多的小狗仔。"

阳光照在小轩的身上、脸上。他犹如一个通体发光的小天使。连睫毛都像是透明的。光天化日之下，昨夜的暗黑与诡异踪迹全无。所以说太阳每天都是新的。看看小轩，也仿佛人每天都能重新

Chapter.01　是谁躲在暗处

活过。他是真的忘记了,还是当做了一场噩梦?我养育孩子越久,越觉得自己根本不了解这小小生灵。

早餐很丰富,小轩却食不知味。他的心早飞到小伙伴多多家中。我化妆时他已全身簇新,眼巴巴地站在梳妆台旁等我。

"小祖宗,你让妈妈打扮一下子。"

他夸张地龇牙咧嘴。

"妈妈,你一点儿不打扮,也比多多妈漂亮几百倍!"

"咄!"

我哑然失笑,这马屁拍得可真受用。

红妹也来凑趣:"小轩讲的是大实话,不过等会儿在多多家可千万别说。"

我们三人一起捧腹。多多家与我家位于同一个小区,但他们的房子在最临江边的那一栋楼里。我家只得一线江景,他家有一大片。两个转角大阳台带客厅落地窗。小轩和多多非常要好,又是同班同学,常常去他家做功课。没想到背后说起人家坏话来也毫不含糊。

我牵着小轩的手穿过小区中央的大草坪。九月底的空气里还有残存的暑意。凉风吹拂在裸露的皮肤上,既和煦又爽朗。小轩放开我,自己跟着一只小泰迪在草坪上撒欢追逐。这处女座的小人儿精力过剩——我的儿子。

多多妈亲自来开门迎客。她叫简琳。名字称得上洗练雅致,可惜人并不如其名。简琳比我略大几岁,今年四十出头。五官平平,但由于养尊处优，在同龄女子中状态算不错的，其实并不像小轩说的那样差劲。

她那一身香奈儿也很显身价，红色丝质衬衫，黑皮裤。虽然体形瘦小撑不起衣裳来，气派还是足的。而我只穿了条素花的连衣裙，桑蚕丝的质地，品牌仅属中档。我所用的每一厘钱都靠自己双手去挣，房子尚有贷款，和景雪平分手时并没拿到他分毫。花自己钱的女人，永远不能和花别人钱的女人争。纵使赢了，也是辛酸。

其实我无意和简琳争，笼络还来不及。简琳的老公顾风华，正是我的老板。他们一家是我和小轩的衣食父母。

说来也是缘分。十年前的同一天，我和简琳在同一间医院里产子。从此两家就轮流给孩子们办生日会。随着顾风华的事业蒸蒸日上，是否利用这层私人关系，当初也是我和景雪平的分歧之一。而我跳槽到顾风华的公司上班，也是和景雪平离婚之后的事。

呵，算一算，我和景雪平离婚后的所作所为真是罄竹难书。

小轩跟多多去阳台上看小狗仔，其他参加生日会的孩子陆续过来，欢声笑语渐起。我则与简琳坐在意大利真皮沙发上闲聊。

"多多妈越来越有气质了。"我说，自己感觉虚伪得不像话。

"哪里啊。"简琳回答，"你才是越来越年轻，怎么看都不像十岁孩子的妈妈。"

"唉，职业妇女天天起早贪黑，忙得连保养都没时间去做。还年轻？你别安慰我了。"

她半真半假："哦？老顾剥削你？这怎么可以，我去和他说。"

Chapter.01　是谁躲在暗处

"别别。"我说,"都是分内的事。老顾也不容易。"

"他有什么不容易的?挣钱养家本来就是男人的天职。我们女人嘛,管好家和孩子不叫他们操心,哪里就容易呢?"简琳闲闲地说着,又扫我一眼,"唉,最不容易的是你呀,里里外外一个人。啧啧。"

"是我没有多多妈的福气,天天夫贤子孝地供着,所以只好靠自己。"

"老顾可不贤惠呢,也是要管的。我告诉你小轩妈妈,这不是福气,是本事。"讪笑从嘴角边横生出来,简琳的得意之色让我觉得很刺激,又很可鄙。像简琳这种女人,把保有丈夫作为人生最大的成就。不论是否貌合神离,只要还没有被一脚蹬开,就拥有了藐视众生的资本。而我,当然是芸芸众生中最不堪的一种——离婚女人,活该被她们俯瞰、揶揄,甚至侮辱。

我不愿继续敷衍她。

"老顾呢?怎么没见到他?"我问。

"在露台上呢,准备烧烤台。"

"哦,我去看看。正好公司里有点儿事和他讲。"

我起身就走,清楚地感觉到简琳的眼神黏在我背上,夹枪带棒似的。呵,原来所谓的正室范儿的优越感如此脆弱。我才没兴趣理睬。

我有正事找顾风华。况且在公司里我日日与顾风华朝夕相处,共处的时间绝对多过简琳与她老公,对此她早该习惯。我当着简琳的面去找老顾，正说明心不藏奸。当然，她也可能认为我嚣张。我对自己微微冷笑了一下。假使她要自寻烦恼，也只好随她去。

顾家是复式的结构，楼上有个大露台。烧烤架就搭在露台靠内侧，顾风华俯身其上似在琢磨什么。

"老顾——"我上前。

"朱燃！"他像见到救星般叫唤起来，"来，来，来！你快来帮我看看，这架子怎么点不着？"

我上下看看，拨动几个按钮。

"好了。"

"嚯！"顾风华在我肩上猛击一掌，"还是你厉害。"

我揉一揉肩膀："可我不是泰森。"

他大笑起来："对不起，对不起。你了解我这人的，一激动起来就忘乎所以。刚才弄来弄去不行的时候我还在想呢，他妈的朱燃在就好了。她什么都搞得定。结果，你就来了！"

我也笑着白他一眼。顾风华就是这点好处，对人总是热情洋溢，宛若发自内心的真诚劲儿相当有感染力。由不得人不喜欢。像他这种老板，在员工大会上振臂一呼，台下立刻群情激奋，全体打上鸡血。当今社会发明了一种专门的词汇来形容之——个人魅力。

所以顾风华能把生意做到今天这样有声有色。

一阵风吹来，遍体清凉。顾风华虽有些财力，到底还与顶级富豪差之甚远。因此他家的露台朝向小区内侧，没有江景。

但江风总是敞开供应的。

Chapter.01　是谁躲在暗处

"咦？是不是要下雨？"他问。

我深深吸入一口气，掌心向上："看样子不像。"

"哦，只是江上的湿气。"顾风华突然有些扫兴，掏出烟来点着。

我默默打量着他。顾风华身材高大，这几年略微发福之后，气场更足了。头发短而浓密，基本看不出白发。他正处在男人最好的年华里，兼之事业有成，就连粗放的举止都能悦人耳目。简琳的忧心绝非多余，只不过她设错了假想敌。

顾风华夹烟的手指轻轻颤抖。隐匿的神经质。通常无人察觉，却尽显在我眼中。或许因为我才知道，他在紧张什么？

他又猛吸了两口烟。

"融资的事情……"

"我都安排好了，账目过了许多遍。"我用最平淡的语气说。

"不能有任何差池。"

"不会有任何差池。"

顾风华愣愣地看着我，过了一会儿才说："好，我就信得过你。"

我向他示意："我也抽一支。"

他连忙帮我点着。我们肩并肩靠在露台栏杆上，迎着江风吞云吐雾。

我很少抽烟，但此刻我要借香烟来增添勇气。

"有个小小的意外。"我说。

"什么？"

我从手包里拿出贺卡，顾风华狐疑地接过去。

"小轩的生日卡?"他倒吸口凉气,"是景雪平寄来的?"

"我不知道。"

"这……"

"小轩说是从我的皮包里找到的。"我苦涩地笑笑,"你知道这不可能。况且,景雪平都死了快一年了。"

"那就怪了。"

我说:"小轩不知道景雪平……他以为爸爸还活着。"

"你!咳……"顾风华呛了口烟,"不是我说你,当时你就该告诉小轩的。你看看,现在反而不好跟孩子说实情了。"

"有什么难的。实话实说罢了。"我冷冷地说,"老顾,你是参加了葬礼的,你可千真万确看到景雪平死了?"

"喔!这是开玩笑的事吗?"

"那就好。"

顾风华瞪着我:"朱燃,其实你不带小轩去追悼会是对的。景雪平死时完全变样了,我看着都毛骨悚然。可见他临终受了多大的折磨。太可怕。"

我不响。江风又湿又寒,吹得胃里阵阵抽搐。

顾风华把卡片还给我:"我估计,景雪平知道自己时日无多,就预先写了这个。想给儿子留个纪念。人之常情嘛,可以理解。"

"我的问题是,卡片怎么到的小轩手中?"

"邮寄?快递?"

我摇摇头:"我问过小保姆了,她说这几天家里没收到过这样的

Chapter.01　是谁躲在暗处

信或快递。"

"也许是直接送到小轩学校的？孩子怕你责怪，才说是从你包里拿的？"

"这正是我最担心的。"

又一阵江风吹过。我听见自己的声音断断续续的，像从卡壳的音响中发出来。

"老顾，我听说景雪平死时身边只有他老娘。所以他的遗物必定是景母保管着。如果他……临死前想出这么一个傻气的计划。"说到这里我不得不停一停——景雪平这人一向傻气。

顾风华看我的眼神里全是恻然。我调转头继续说："如今能够为他履行遗愿的，只能是他的母亲。可是我离婚后搬家，迁户口，不带小轩去景雪平的葬礼，我想尽了一切办法，就为把景雪平切割在我们的生活之外，更别说他的母亲。所以我绝不能允许景母找到小轩，骚扰他——"

我抬起头："老顾，我拼了命也不会让景母碰小轩的。"

顾风华长长地叹了口气。

"礼拜一。下礼拜一我要去小轩的学校问问清楚。"

顾风华大惊失色："礼拜一？朱燃你忘了吗，下礼拜一我们和投资人有重要会议。他们一大早就会到公司的，全都说定了的啊！"

"我就迟一点点到公司。"

"绝对不行！"顾风华额头上的青筋都暴出来了，"这么关键的场合你怎么能迟到？你这不是拆我的台嘛！"他缓一缓语气，"朱燃，你别太着急了。就算景母查到小轩的学校，她总归是孩子的祖母，不至于对孩子不利。再说……你一味不让他们祖孙见面，人情上本来就说不太过去。朱燃，无论如何你先帮我把融资搞定。小轩的事情，以后你要我怎么出力都行。好不好？不急在这一时。"

我看着顾风华。他有一张看上去特别坦诚的脸，但眼神绝不像面容那样单纯。成年男子有一双清白的眼睛，我这辈子只见过一人。

那个人已经死了。

我喃喃地说："老顾。昨夜我梦见景雪平，自他死后这还是头一次梦见。他似乎和生前变了一个人……像是有什么特别的打算。"

"特别的打算？"

"我感觉他像是要报复我，毁了我的生活。"

顾风华焦躁地说："朱燃，你不要瞎想。死人怎么能毁了活人的生活？何况你我都认识景雪平，他从来就不是那样的人。"

顾风华的宽慰无力极了。

死去的景雪平未必能毁了我。但是如果他想，肯定能毁了顾风华。我和顾风华都深知这一点。

此时此刻，确实只有我能支持顾风华。

"朱燃，你最清楚公司的状况。这笔融资对我实在太重要，否则只怕就……"

他的事业对我同样性命攸关。

我叹口气："是我瞎想。算了，下礼拜—我另外找人去小轩学校查查吧。目前还是公司融资最要紧。"

Chapter.01　是谁躲在暗处

简琳的声音从楼梯口传来:"哎哟,你们俩还要密谈多久啊?可以开始烧烤了吗?孩子们都饿了。"

她终于耐不住了。

"好了,好了。叫孩子们上来吧!"

顾风华大声应着走过去,半途又停下,回身冲我点一点头,如释重负的样子,真好像我和他之间有什么见不得人的秘密。

有是有,但不是简琳所猜测的那种。

顾风华这样的男人,徒有个体面的外表。不幸让我看穿他的内心世界,自私而虚弱,根本不值得依靠。

吃烧烤时我喝了不少酒,头脑却一直很清醒。期间小轩把手机递给我。

"喂?"我问。

"朱燃,让我和小轩讲话,我要祝他生日快乐。"电话里是个低沉的女声。

我呵呵地笑起来,还是有点喝多了。

我叫小轩:"是秀雯阿姨。"

"阿姨好!"小轩对着手机甜甜地叫,"我和妈妈在多多家过生日。来了好多同学,还有小狗仔。是的,我很开心,妈妈也很开心。谢谢秀雯阿姨!"

我的心中又一次对小轩产生疑问。他真的像表现出来的这么快乐吗?

手机回到我手中。沈秀雯在那头说:"朱燃不好意思啊。在美国紧急进一批货，实在赶不回来。我给小轩带了生日礼物，他肯定喜欢。"

"有什么要紧，这也值得道歉。你向来最疼小轩，我们都知道的。"我几乎操控不好自己的舌头，"洛杉矶不眠夜，沈秀雯女士应该好好享受才是。须知红颜弹指老，刹那芳华……"

"朱燃，你喝多了。"

"哪里哪里。是孩子们的生日令我感触良多。"

"朱燃，你听我说。"沈秀雯打断我，"我现在机场候机，恍惚看见了一个人。"

"人？"

"是……但我不敢肯定。似乎是一个故人。"

我止不住咯咯笑："秀雯，世界小得很，在机场遇到个把熟人太平常了。你见到谁了？"

她沉默。

"喂喂，到底是谁？"

"要登机了。我周日上午就到上海，再与你联系。"她挂了电话。

我的酒醒了大半。

沈秀雯与我读初中时即相识，将近三十年的闺中密友。她至今未婚，单枪匹马经营一份小生意。早已修炼得油盐不进，几乎从不为任何人困扰。

沈秀雯今天很反常。

而我很不习惯。

Chapter.01　是谁躲在暗处

似乎是托尔斯泰说过，世上不存在绝对平等的友谊。再好的朋友也有主次之分。就像我和沈秀雯，三十年的闺密，牢不可破的友情。维持至今的模式，说穿了就是她向我付出。付出耐心、关怀、理解种种，而我只是从这层关系中索取。我悲伤的时候、失意的时候、快乐的时候、迷惘的时候，沈秀雯总在那里。我与她的关系，便是如此。

　　别问我为什么。要问也应该去问沈秀雯。

　　我作为占尽优势的一方，只希望永远如此这般地过下去。所以今天沈秀雯似有麻烦需要我的顾念，这令我相当意外。何况我自己也在内外交困之时。闺密，到底是靠不住的。

　　还有谁能解我的愁？

　　男人？

　　笑话，天底下最最不可靠的便是男人。

　　可我真切地知道，今夜我需要一个男人。一个实实在在、健康、洒脱到没心没肺的男人。即便薄情寡义又如何，与这样的男人相处才没负担。

　　生日会直到下午四点才散。晚饭前我给小轩检查功课，始终心不在焉。腹中像蓄着一团火，越烧越旺。好不容易挨过晚饭，小轩疯了大半日也困了，被我早早打发上床。待家中诸事皆安，时钟已敲九点。

　　我匆匆梳洗、换装，嘱咐红妹关门闭户。下楼，发动车子。我把油门踩到底，浑然不觉车速加得过头。车速再快，也快不过我的心跳。香格里拉酒店不算远，平常也就二十分钟的车程。我仅用十分钟便把车开进酒店地下车库。狂涛汹涌的心脏已不胜负荷，不能再多耽搁一秒钟。

卢天敏来开门时，我一阵晕眩。

他却与我冰火两重天，斜靠在门边，悠悠道："才九点三刻，你早到十五分钟。"

我努力挤出一个妩媚的笑容："天敏，先放我进去。"

在这种时刻还要扮矜持，天晓得有多难。

卢天敏侧身让我进门，我没来得及转身，他就从背后抱紧了我。

年轻男子的体臭，淡淡的自颈后进入我的鼻腔。突然之间，体内的火球不可遏止地爆裂开来。我全身滚烫，只在最隐秘的地方，剩余一处冰冷。

这处冰冷很快被炽热的烈焰吞没。

待一切归于平静之后，我才发觉全身乏力，好像虚脱一般。然而心中甚为安逸，许久以来未曾有的安逸。

卢天敏也乏了，脸贴在我的枕边，双目微合，浓黑的睫毛随着呼吸轻轻起伏。

我凑过去，吻他的面颊。

他睁开眼睛，盯住我："女士，你是不是有点爱上我了？"

我啼笑皆非，随口敷衍："是吧……"

"那么，跟我走。"

"什么？"

Chapter.01　是谁躲在暗处

"我说，爱我就跟我走。立刻，马上。"

我只能笑笑。

卢天敏也微笑，语调从容不迫："你肯定在想，朱燃还没有到要找小拆白的地步。说来说去，我只不过是你约炮的对象。"

"天敏！"我很意外。这种自轻自贱的语气令我很不舒服。"怎么说出这种话来？你明知道完全不是这么回事。"

"那是怎么回事？"他不依不饶。

"你还是个孩子。"我无奈地说。

"孩子？"他抬起浓眉，在柔光下愈发显得眉目如画，"我的证件就在桌上。你自己去看，我都三十岁了。地球上有哪个国家法律把三十岁的人定义为儿童？"

"可我的儿子今天恰好过十岁生日。"我轻轻抚摸卢天敏的下巴，"不是你的问题。天敏，是我老了。"

"你才三十九岁。"

我冲卢天敏微笑。三十九岁，这个年龄有多么可怕，他不会懂。任何人，不论男女，不到这个岁数都不会懂。

卢天敏皱起眉头，思索片刻："要么你带上儿子，我们三个一起走。"

"越说越离谱。"

"我是当真的！你们可以跟我去美国，或者加拿大。喜欢哪里住哪里，多好。"

"那又何必，上海不好吗？"

"可是你在这里不快活。"他闷闷不乐地说,"牵连着我也不能快活。"

我心中一动。这个卢天敏,虽然中文都说不利索,但确实天赋敏锐。更难得的是,他有心把这份敏锐用在我的身上。

我安抚他:"我很快活,尤其是与你在一起的时候。"

"朱燃,生命中什么对你最重要?"

我强忍着不笑出来。在人人为名利奔忙的世道里,除了卢天敏,我真想不出还有哪个男人会和我一本正经地谈论如此风花雪月、不切实际的话题。卢天敏的可爱恰在于此。

我想了想,认真回答:"对我来说,最重要的事便是令小轩健康成长,得享幸福人生。"

"可怜天下父母心。"卢天敏文绉绉地叹道,我差点儿又笑场。

真的,只有他能令我放轻松。在生活的硬壳重压之下,透出口气来。

"但这毕竟不是你人生的全部。小轩总有一天会离开你。你自己呢?你自己的人生中什么最重要?"

我沉吟良久,恍惚回到少女时代。年少时,人多少会考虑生命的价值与意义,但活着活着便忘记了这些。最终,人生好像只剩活下去这唯一的目标。

是啊,我自己的人生要追求什么?

"终归还是爱吧。"

"又是爱。"卢天敏鄙夷地说,"女人口中的爱,无非是以它的名

Chapter.01 是谁躲在暗处

义来控制男人。要求男人为了所谓的爱向她们献名献利，甚至付出生命在所不惜。我认为，爱情是一切女人不劳而获的借口。"

我哈哈大笑。

"我说得不对吗？"

"很对，很对。我就是没想到，你这家伙也会愤世嫉俗。"

卢天敏很好看地撇撇嘴："我讨厌女人明明自己懒惰，却要把责任推到爱的头上。"

"有些女人的确如此。"我笑着说，"但我所说的爱，并不是指男人单方面的奉献。"

"所以你是难得的，"卢天敏很真诚，"朱燃，告诉我，你想要怎样的爱？"

"我期待的爱，"我脱口而出，"是有求也有应的、不遗憾、不悲苦的圆满之爱。"我心想，呵，这才叫做美梦。

可是卢天敏当真。他点着头说："这叫作心心相印。"

"是的，心心相印。"

"那么，让我们来实践这种爱。"

"什么？"

"说你爱我。"

卢天敏的神情充满期盼，诚恳中混合撒娇的意味，惹人怜爱。呵，他比我小整整九岁。

我竟在和这样年纪的男人谈情说爱？真不可思议。

我伸出双臂抱紧他。年轻男人的腰身富有弹性和力量，像由一根柔韧的钢筋撑起。我想象着,假如能依靠在他身边,自河岸走到海滨,自山顶走到草地,长长远远,没有尽头地走下去……

我看着卢天敏,张开口:"我……"

只吐出半个弱不可闻的音节,心就沉甸甸地直直坠落。我顷刻便明白,脚下是深不可测的阴森地狱,有人在那里等着我,等我沉下去、沉下去。我拼命屏住呼吸。

"你怎么了?"

我喘过气来:"没事。"

"你像是要昏过去了。"卢天敏笑,"说一句爱就这么可怕?"

当然他不会懂。卢天敏这种美国出生美国长大,拿英语当母语的香蕉人,对他而言,爱是挂在嘴边的词汇,可以常用常新。而我做不到,我也曾有过自由说爱、畅快求欢的岁月。但那是很久以前的往事。现在的我,是被无形枷锁套得死死的人。

"我完蛋了。"我苦笑着摇头。

他的眼神意味深长:"你好好想想,让我们一起离开这里。"

我是得想想,不是为我自己,而是为了小轩。就在这两天,我突然发现我这个才刚满十岁的儿子,竟然会虚饰地言谈,熟练地表演快乐。我由衷地感到恐惧。

一个人,如果在十岁时都不能真正的快乐,他今后的一生该如何取得幸福?

我从不曾期望我的儿子大富大贵,但我真怕他有朝一日会像今天的我,无能说出一个爱字。

Chapter.01　是谁躲在暗处

我是该好好想想——

离开这里。从此不再有景雪平的阴影，不再担心景母的侵犯。不需要继续生活在顾风华、简琳，所有这些人的虚伪之中。

抛开这一切，或许我和小轩能开始全新的生活。

或许。

我赶在黎明之前回到家。妆都没卸，倒头便睡。这一觉黑暗如斯，连梦都无处落脚。

是红妹来把我唤醒："太太，沈小姐来了。"

我从床上直跳起来。"几点了？"竟然一觉睡到午后二时，真夸张。

"糟糕！两点开始钢琴课，小轩在干什么？他午饭吃过了吗？为什么不早叫醒我？秀雯几时到的？"

"我中午之前就到了。"沈秀雯站在我的卧室门口讲话，"是我带你儿子出去吃的午饭，送上生日礼物；并开车准点送他去上钢琴课。景小轩同学还算满意。"

我忙着洗脸刷牙："很好，很好。钢琴课五点结束，干脆你再去接了他吃晚饭。饭后带他去看场电影，最新的3D动画片。让我好好轻松一天。"

"你气色很不错。"秀雯来到我身后。我看见她从镜子里打量我，目光炯炯。

"昨晚有艳遇？"她这样问。

"我？一个四十岁的离婚女人，还带着个十岁的拖油瓶。如果你是男人，你会不会找我这样的艳遇？"

沈秀雯仍然不错眼珠地盯住我："你还是很漂亮的，非常有吸引力。"

"哈，大约是回光返照。"我毫不避讳地脱下睡袍，光着身子在衣柜里寻寻觅觅。沈秀雯挑出一件红色长裙递给我："就这件吧。"

我换上裙子，拢好头发，在秀雯面前转个圈。

"你穿红色最好看，难得你还姓朱。"她评价道。

"你要是男人多好，秀雯，为什么你不是男人？"

"你对男人居然还抱有期待？"

沈秀雯讲话一向以刻薄闻名，但她极少对我用到这样的语气，我不禁多看她两眼。其实我自己也说不清楚，是否对男人仍抱有期待，不过任何人只要见到沈秀雯，立刻会明白世间男子对她已失去意义。

沈秀雯只比我稍高一些，体重几乎是我的两倍。她的皮肤白皙，如果光看面孔和五官，依稀还有些娟秀的影子。但常年修剪成超短的发型消弭了仅存的女性气息。不少男人在与沈秀雯电话交谈时，曾被她富有磁性的嗓音所惑，自成一番旖旎的想象。一旦见面，统统溃不成军。沈秀雯对此毫不介意，最初她还会向我提起那些男人的窘态，当成笑资一哂，后来索性也懒得说了。

只有我记得她十七岁时的清纯模样。婉转的秀目和羞涩的神情，谈不上倾国倾城，但少女应有的可爱沈秀雯样样具备，不缺半分。

Chapter.01　是谁躲在暗处

如今她已三十九岁，与我同年。沈秀雯成为"女金刚"整整十年了。这十年来她的脾气和体重成正比增长。除了我和小轩之外，几乎无人能与她融洽地相处超过一小时。

与之相对的是，这些年来沈秀雯在经商上还算成功。她从瑞士和美国引进一些高科技的保健品，推销给国内的新贵们。这些人比穷人更加贪生怕死，为了一份永葆健康的幻觉，他们愿意付出任何代价。沈秀雯欠在性格乖戾，无法与人合作，这么多年来一直单打独斗，限制了生意上的发展。

但也足够了。

沈秀雯在市区置下一套两居室的公寓。一个人住不需太大面积，她更看重交通和生活便利。和我比她算富人。日常开销很大。开的车从帕萨特升级到保时捷卡宴。珠宝华服名牌鞋包，常换常新。钱来得快去得更快，俨然一副今朝有酒今朝醉的模样。可是当所有这些物质簇拥在她一人身边时，却越发映衬出她的孤独。

人生真是尴尬。

我决定改变话题，和沈秀雯莫谈男人。

我问："你送小轩什么生日礼物？"

"全套的湖人队球衫。"

"哇，小轩只怕要认你做母了。"

"倒还不至于。"沈秀雯闷闷地说，"小轩是收买不了的，父行子效。"

话音未落，她和我都呆住。两个人面面相觑，我的脸色肯定惨白，沈秀雯也好不到哪里去。

"朱燃……"

我摆摆手，不让她说下去。

我在床沿坐下，将手覆在额头上。就这么过了好一会儿。我才说："昨天你打电话来时，说你仿佛在机场见到一个熟人，是谁？"

"我一直在等你问这个问题，"沈秀雯的语气更加古怪，"你真的想知道？"

我抬起头："你等我问……为什么？"我惨然一笑，"不会是景雪平吧？"

沈秀雯张开嘴，似乎惊呆了。半响才说："景雪平早死了啊。朱燃，你没事吧？"

"不是他？"

"当然不是，我又没有见鬼。"她蹲在我身边，担心地端详我，"你怎么了？"

"我没事。"我长吁出一口气，"这两天发生些事情，我想歪了。"

我努力调整情绪："那么，你究竟看见谁了？"

"算了，不值一提。"沈秀雯闭了嘴。我熟知她的脾性，这会儿就算天王老子来审，她也不会再开尊口。

也罢，只要不是我的噩梦就行。

又过了许久，秀雯喃喃地说："朱燃，这次我在洛杉矶时，去了当地的一个华人教堂。在那里我听了布道，也试着祷告，觉得内心安宁。你有空的时候也可以读读经，不至于过多纠结在自私的痛苦

Chapter.01　是谁躲在暗处

中。"

"我自私?"

"是的，朱燃，你活得太自私。"

沈秀雯走了。许是内心空虚的缘故，这两年她自称信奉基督，常常把圣经挂在嘴边。不过性格更加乖戾，男人吃得消才怪。我怀疑耶稣也未必吃得消。

我自己去接小轩下课，带他出去吃晚饭看电影，十点钟安顿他睡下。直到这时我才能坐到电脑前，把明天的工作重新梳理一遍。凌晨两点看完资料，临睡前我给助理白璐打电话，安排她明天早晨来我家，送小轩上学并且替我打听些情况。本来，我是想请沈秀雯帮忙的。

白璐新入职才一个月。据顾风华说是投资方的关系户。为了拉拢投资方，特意给她在公司里安排个位置。

"纯粹卖个人情。"顾风华嘱咐我。不必让她干什么活，养着就行了。实际上也没法给她布置工作。这女孩几乎什么都不会。连张像样的文凭都拿不出来。因为顾风华最信任我，就把白璐放在我身边当助理。一个月过去，尽管英文、电脑这些基本技能一概欠奉，白璐却展现出了一大优点——服从。无论我叫她做什么鸡毛蒜皮的破事，泡咖啡买茶点，或者干脆忘了吩咐让她干坐上大半天，她都毫无怨言。倒是令我暗暗称奇。

所以这回情势所迫，我想到了白璐。她的沉稳态度正是我所需要的。而且不用担心她去八卦，因为白璐在公司基本是个局外人。

果然，凌晨两点接到上司电话，这女孩仍然一口应承，并不多说半个字。搁下电话时我想，假如所有的人际关系都这么简单，生活无疑会容易许多。可惜这是空想。从古至今，聪明人发明了各式各样的法律、条文、制度，但总有些关系不在可控范围之内。比如情侣、比如朋友，甚至父母子女，你把法则写到成千上万条也没用。该闹的不该闹的，还不是统统闹得血肉横飞、死去活来。

沈秀雯是我最亲密的朋友。她爱我，也恨我。这么多年来，她时时刻刻陪在我身边，既像岿然伫立的定海神针，也像分秒嘀嗒的定时炸弹。或许，这种勉力维持的平衡终于要被打破了吧。

我上好闹钟，吞了安眠药睡觉。迷糊中我想，来吧，都来吧。兵来将挡，水来土掩。

我又回到了十八岁。

大学一年级的校园里，我与沈秀雯在绿意森森的树荫下漫步。那时她就微胖，婴儿肥的脸蛋好像鲜嫩的苹果，我时常忍不住去掐。

秀雯呼痛，我就把自己的面颊凑过去："给你，给你掐。"

她不掐，她咬回来。

我们抱着笑作一团。

"呀，来不及了！"秀雯看着手表叫起来。

我不以为然："那个顾风华有什么可看？"

沈秀雯涨红了脸："我就是想见识见识，你们学校这个名震四方的大帅哥主席的样子嘛。"

"那么……"我朝她点头，"我们跑着去！快跑！"

Chapter.01　是谁躲在暗处

我素来苗条,纤腰一握,纱裙随着脚步飘扬。沈秀雯在后面紧追,我们跑上小山坡,踩过碎石子铺就的小径。细草从碎石下探出来,被我们踏得簌簌作响。

　　小径上的人纷纷让开,山坡下男生们一个个伸长脖子,驻足而观。夏日里的双份美丽。光影在发迹上跃动,彩蝶在树叶间翻跹。十八岁的我很是得意。

　　结果得意忘形。

　　扑通!我摔倒了。膝头顿时青紫一片。沈秀雯大呼小叫地赶过来搀我。

　　"住手!"我大喝,脚踝痛得钻心,"不行,我站不起来。"

　　一双手伸到我眼前。我抬头,是个男生,戴副眼镜,其貌不扬。这校园里最盛产的类型。

　　他显然想提供帮助,但一接触我的眼神,立即瑟缩。

　　"哎,你还不快帮个手!"秀雯冲他嚷。面对这种男生,似乎每个女生都喜欢嚷。

　　他小心地扶起我,两只手心湿滑。我又疼痛,又窘迫,又好笑。我对沈秀雯说:"你自己去看顾主席吧,我不能陪你了。"

　　"啊,我不敢自己去的。朱燃……"

　　我真生气了,我没摔成残废就谢天谢地,她沈秀雯还要我陪她去追星。

　　怯怯的声音在耳边响起:"我,我可以送你去会场。"

　　我与秀雯一齐转身,瞪住这个大概是鼓起了吃奶勇气的男生,以及他身边那架自行车。

任何时代男人都需要一个座驾。古时有白马、步辇，我读书的年代是自行车，今天则变成雷克萨斯、梅塞德斯、劳斯莱斯……

他们永远需要有件工具，把女人载回家去。

我上了景雪平的自行车，当时没觉得有什么大不了。

本来就没什么大不了。

寒假前的一个晚上，沈秀雯和我钻在一个被窝里。她高考失败，读的是一所专科学校。从老师到学生都敷衍了事，早早地就放了假。她按惯例跑来我宿舍，天天与我同吃同睡。

我还在复习迎考中，看了一天的书实在困倦。沈秀雯絮絮叨叨的话音，我只觉越来越缥缈。正要睡着，突然她哭起来。

这下子我清醒了。

"秀雯？什么事？"

她抽泣着搂住我："朱燃，朱燃，我就要失去你了。"

我的老天！这是要现场上映言情片吗？我忙问："喂喂，你发什么痴？"

"你爱上别人，就不会再爱我了，呜呜……"

我简直哭笑不得。

"我？我爱上谁了？"

"景雪平。"

"他？！"

怎么可能？没错，景雪平在追求我。自那日坡下相遇后，此君

Chapter.01　是谁躲在暗处

天天骑个脚踏车跟东跟西，但我从未多看他一眼。我就算要爱上谁，也轮不到景雪平。那时期追求我的人很不少，甚至学生会主席顾风华对我青眼有加，主动约我观摩他主持的辩论大赛。

奇哉怪也，沈秀雯居然认为我爱上景雪平！

啊哈，我灵光乍现。沈秀雯肯定是担心我和顾风华好上，她再没有机会，所以故意把景雪平栽赃到我头上。

真亏她想得出来。

沈秀雯想错了。当时我既没有爱上景雪平，更没有爱上顾风华。

那时我青春貌美，花开正艳。那时我父母健在，朋友常伴。那时我拥有亲情与友情；最重要的是，有对爱情尤比绮丽的幻想。

我充满信心地憧憬着，把我的爱献给最能与之相配的人。

整整二十年过去了。人生倏忽一夕间。

Chapter. 02
没有依靠，除了自己

周一，我比平时早半小时踏进公司。顾风华已经在他的办公室里。

"朱燃！"一见到我他就迎上来。

我向他点点头，表示全准备好了。

他也用力握了握我的手："一切尽在掌握。你不必发言，只要在关键问题上帮我把关就行。"

两个大眼袋挂在脸上，但顾风华的精神极其亢奋，讲话声音比平时又高八度。他就是有这个特点，每到紧要关头，人便像注射了超剂量的兴奋剂。正如绝隘之前的猛兽，虽然被危险刺激得浑身战栗，仍一往无前。实话讲，在这种时候顾风华还是相当有魅力的。

——不像他。我想，不像景雪平，你从来看不到他有这股子践踏一切的勇气。

怎么回事？怎么又想到景雪平？

背上凉凉的全是冷汗。我想去卫生间洗把脸，来不及了。

投资公司诸位代表驾到。公司上层列队迎入大会议室。就座，跳过寒暄，直入正题。处处讲求效率。

顾风华开始介绍公司经营状况，其中内容我早已倒背如流。不

Chapter.02　没有依靠，除了自己

外乎强调公司的方针正确、运作高效、财务稳健、盈利显著。总之都是些投资者最爱听的话。想要人家掏钱，自然得挑最动听的话讲。偏偏人心叵测，越是好话越叫人起疑，所以才会有一轮又一轮的融资前调查，非得把你开膛破肚翻个底朝天，否则便不能尽信。

假如大家都照规则办事，这些调查也很容易应对。可叹这生意，揭开盖子，下面总有诸多见不得人的勾当，逼得大家各显神通。我翻翻对面席上各位的名片，人人可算精英，却都面带憔悴，未老先衰的样子。捧着大把真金白银，却活得分外煎熬。想赚，怕亏，更担心上当受骗。

我想起小时候课本上所说，金钱乃万恶之源。或许偏颇。不过钱生无尽烦恼，实在是千真万确。比如顾风华，把公司做到今天的规模，仍然缺钱缺得厉害，日日如履薄冰。他活着，仿佛就是为了赚钱、赚钱。只要还在努力赚钱，就说明尚未赚够。

大概永远没有赚够的那一天吧。

现今顾风华的头等大事便是——争取巨额投资，扩大业务规模，继续赚钱。

想想也累。

然而我已上了贼船，只能与他共沉浮。

顾风华介绍完毕，投资公司代表开始提问。这是关键环节，我的精神高度紧张。我的职位是财务总监，顾风华公司的一本账在我心中。一旦问及财务数字，我必须圆满答复毫无纰漏。

还好，问题一个个过去。时近中午，并没发生意外。

我渐渐放松下来。

对方的神态也自然很多，纷纷开起小差。有人摆弄手机，有人目光漂移。

"慧龙。"坐在我对面，看上去最年轻的那个代表说话了，"我想问一下你们那桩针对慧龙公司的收购案。"

一股森严之气自脚底迅速蹿起来。

我向顾风华望过去，只见他神色不变，嘴角含笑："材料上已有详尽描述，还有什么没写清楚的吗？"

他自信得就像恺撒大帝，确实是个厉害角色。

年轻人也不含糊，并未被顾风华的气势吓退。他镇定地开始发言，显然是有备而来的："顾臣集团三年前收购了慧龙公司，之后将慧龙的一款游戏产品'守梦人'包装投产。从目前我们手上的财务数据来看，'守梦人'这个产品至今尚未产生实际盈利。但是，顾臣却将它作为本次融资的核心概念推出。"

我翻弄手中的名片——宋乔西。头衔项目经理。记得刚才介绍时他自称乔纳森。名片上还有一行小字：MIT（麻省理工）应用数学博士。肯定是个ABC，我想。不仅说话的语调和卢天敏相似，那肤色匀净的面孔，和紧致的体魄，从内向外透露着健康和自信。只有最洁净的环境和最自由的氛围才能培育出这样的身心状况。

而今，他们都争先恐后地投入到这片污秽之中，真以为浑水好摸鱼吗？

顾风华脸上的笑意更深了："'守梦人'过去几年中一直在积累

Chapter.02　没有依靠，除了自己

用户，现在已拥有海量的用户群。我敢打赌，各位身边就有'守梦人'游戏的忠实粉丝。所以，它的盈利转化将会是水到渠成的事，我对此非常有信心。我们报表中的业绩预测有可靠的模型支撑。"他好像刚刚想起宋乔西，"你的问题是？"

乔纳森博士毫不气馁："顾总，据我所知，'守梦人'的研发者叫纪春茂，他同时也是慧龙公司的创始人。但在三年前顾臣收购慧龙时，纪春茂就失踪了，至今下落不明。'守梦人'游戏失去了原创者，三年来没有大的升级改版。虽然这款游戏很有市场基础，但要实现真正的盈利，产品上还需要大幅提升。我想知道，对此顾总有什么计划？"

我在手心里把宋的名片揉成纸团。神经紧绷到极点，情绪上反而进入空灵的状态。我像纯粹的看客一般，冷然地观赏顾风华表演走钢丝。仿佛自己并不在钢丝绳的另一端上，摇摇欲坠。

顾风华盯住宋乔西。脸上的表情层次分明，从惊讶到不解到释然再到戏谑……超一流的演技。

他说："我倒是希望'守梦人'能成为'苹果'，可惜没有乔布斯啊！"

我扑哧一笑。

会议桌上笑声纷起，气氛顿时缓和下来。宋乔西也笑了。我感觉到他的目光，带着微妙的好奇停留在我脸上。出身良好的年轻人很少怀有真正的敌意。他们不需要。

应该能对付过去，我想。

顾风华等笑声渐止,才款款道:"我说三点啊。第一,我们相信'守梦人'是一款好产品,钱途远大。这个钱指的是真金白银。过去我们靠免费策略积累的客户资源,必将成为今后实现盈利的坚实基础;第二,商业上的成功,光靠产品本身的优势还不足够。我们都知道,再优秀的产品也需要与之相称的平台和团队来运作,才能将其商业潜力充分地挖掘出来。顾臣集团正是这样一个能够点石成金的平台。第三,小宋,哦,乔纳森刚才谈到'守梦人'三年来没有升级,这个表述不准确。事实上,三年来我们一直对'守梦人'做递进式的优化。我们在这方面非常谨慎,是希望能把用户广泛认可的功能延续下来。与此同时,我们反复论证产品的整体改版方案,并投入大量资源进行研发。今天,我就借此机会向诸位宣布:'守梦人'新版的研发工作已接近尾声。我已计划,在融资合约签订的同时正式推出新版'守梦人'。到时候,咱们搞一个双喜临门嘛!"

余音绕梁,满座露出激昂之色。顾风华真是数一数二的演说家。

宋乔西冲着顾风华摊一摊手,仿佛被他彻底征服。其实这位小乔纳森博士有敏锐的嗅觉,已经捉到我们的软肋。可惜他做的功课有限,再加上经验不足,被老奸巨猾的顾风华轻松摆平。

我可以喘口气了吗?

顾风华在做总结陈词。我偷偷瞥一眼手机。按计划,今晨白璐送小轩到学校之后,即去找小轩的班主任查问情况。到此时应该有消息传回。即使没有问出结果,她也该返回公司了。可是等到现在,音讯皆无。我本来以为白璐算检点可靠的年轻人,没料到也是

Chapter.02　没有依靠,除了自己

这么个不靠谱的德行。

真想立刻冲到学校去看个究竟。

心猿意马中,忽然又听见顾风华提到"守梦人"。

"乔纳森关于慧龙收购案的问题,提得很好。想必也是市场的疑问,正好给我一个机会解释。我刚才说了,'守梦人'不是'苹果',非乔布斯莫属。实际上,慧龙的创始人有两位,其中一位纪春茂在收购前不幸失踪,但另一位创始人梁宏志收购后就加入了顾臣。梁总本人一直在主导'守梦人'的改版工作。所以我敢说,'守梦人'的核心始终掌握在顾臣的手中。"

脑袋里轰的一声。

顾风华啊顾风华,为什么你永远学不会见好就收?梁宏志是什么人?是避之唯恐不及的瘟神!此刻你还主动把他往人前推,就不怕引火烧身嘛?

纪春茂、梁宏志。嗯,还有景雪平!最好挖个直达地心的深坑,把这几个名字埋进去。再填入数吨砂土。永世不得翻身。

要不是满会议室的人,我真想冲上去,照着顾风华那张得意忘形的脸,结结实实送上一个巴掌。是以我从未对顾风华动过心。我生来憎恶浮夸的男人,而好大喜功正是顾风华的致命伤。

可我今天却在为他工作,还把自己的身家性命与他系在一起。

不是没人忠告过我。

朱燃,你终于后悔了吗?

我咬紧牙关,对脑海中的那个人说——不!我永远不懂得后悔这两个字!

我抬起头,向大家展开笑容:"已经过了十二点,我们可不想饿坏了大家。请用餐吧。"

所有人如释重负,谈笑着向门口鱼贯而出。顾风华领头,我如老母鸡跟在最后。

手机在衣袋里一震:"朱总,请速来学校,有要事。"

是白璐发来的。

不知为何,我只觉毛骨悚然。

我赶到顾风华身边,压低声音说:"老顾,我必须去小轩的学校。抱歉,中午不能陪客了。"

顾风华瞪圆双眼:"朱燃,你怎么……"

我不给他机会说完,转身奔向电梯。

路上我闯了好几个红灯。看到学校大门时,才稍稍镇静下来。大门敞开着,小学生在操场上玩闹。原来正是午休时间。

小轩在哪里?白璐呢?

哎呀,应该给白璐打个电话的。

她先打过来了。

"朱总,你到哪儿了?"声音听上去有些怪。

"我在校门口。"

"你到学校后街来,这里有个肯德基餐厅。我在门外等你。"

也怪。我竟没有把白璐狠批一顿,而是听话地将车停在路边,按着她的吩咐向学校后面走去。我走得很急,心脏一下一下撞在胸

Chapter.02 没有依靠,除了自己

腔上。还像个贼似的东张西望。

刚看到肯德基的招牌，白璐迎面跑过来，将我拦下。

"小轩呢？"我问。

她露出困惑的神情："小轩在吃肯德基，和……一位老太太在一起。"

我深吸口气，最恐惧的事情到底还是发生了。我抓住白璐瘦削的肩膀："在哪里？"

我俩躲在一棵大树下，隔着玻璃窗往店堂里面看。

深红色的火车座上，小轩两只手捧着炸鸡翅大嚼。满嘴的油，满脸的笑。平常我严禁他碰这类垃圾食品，所以今天他的欢乐翻倍。在小轩的对面坐着一位老妇人，我只能看见她满头的银发。

一幅常见的祖孙同乐图。我目不转睛地看着他们。看着。

白璐在我耳边悄声说："小轩的班主任一上午都有课，所以我约了午休时找他了解情况。我在校外等到午休，就看见小轩跟着这老太太出来，进了这家肯德基。我不知道该怎么办，只好给您发短信……"

我示意白璐住口，自己从阴影中走出来。九月底正午的阳光照在头顶上，还是火辣辣的。

我走进肯德基，一径来到小轩的桌旁。他看见我，顿时吓得呆了，半根鸡翅还含在嘴边。我取下来扔进盘子，拉起他的胳膊："走。"

"站住！"

老妇人挡住去路，根根白发都在颤抖。我居然还能细细地打量她——倪双霞，景雪平的母亲。三年多未见，她已老得不成样子。记得她的年纪不超过七十，但今天看起来像有一百岁了。

寸寸都是残骸。

"朱燃，我已经三年没见到孙子了。"她沙哑着喉咙，两行老泪挂下来。"小轩满十岁，我给他过个生日也不行吗？"

"不行。"我毫不动容。

我拉着小轩绕过她，继续往外走。

"朱燃！"倪双霞在我们背后叫起来，"你这个贱货！"

哈，尽情地骂吧。我心想，这才是倪双霞和我之间的标准模式。她骂得爽了，我也不必再有任何良心谴责。

"烂污胚！扫帚星！你害死了雪平还不够，你还要害死小轩！害死我！"倪双霞用尽气力叫嚷。店堂里所有的目光都被吸引过来。

我的手上感到阻力。低头，只见小轩满脸的泪。

"妈妈，"他哭喊，"爸爸，爸爸在哪里？我要爸爸……"

我蹲下来，抚摸小轩的头发："小轩，爸爸已经去世了。"

孩子瞪大眼睛。

"是妈妈不好，妈妈怕你伤心，不敢告诉你。"

我扭头对倪双霞说："现在你满意了？"

她冲上前。一个耳光打过来。我的耳里瞬时静了静，继而，才听见小轩的号啕。

我再次拉起小轩朝外走。倪双霞像疯子似的扑来，一双枯手如

Chapter.02　没有依靠，除了自己

同利爪，死死卡住我的喉咙。我拼命挣扎。可是这老太婆着了魔，力气大得吓人。我发不出一丝声音，眼前开始模糊。

终于有人拉开倪双霞。我直直地朝后跌去，搀住我的是白璐。她扶我在就近的椅子坐下，面无人色地看着我："朱、朱总，你、你还好吗？"

"小轩呢？小轩在哪里？！"

"在这里，在这里。"白璐把小轩塞给我。小轩已止住悲声，只是把头死死埋进我怀里，小身体抖成一团。我心痛如割，头脑一片空白。

"是小轩……妈妈？"

问话的是那个拉开倪双霞的男子。倪双霞脸色惨白地靠坐在他身旁，双目紧闭，好像已失去知觉。我记起来，这个男人正是景小轩的班主任，名叫赵宁年。一位温和干练的年轻人。

"赵老师？"我勉强发出声音。

赵宁年的神色凝重："同学报告说景小轩在肯德基出事了。我就立即赶过来。"他看看倪双霞，"这位老太太是……"

倪双霞仍然垂着头，身体微微晃动。

我坐直身子，严厉地说："赵老师，今天是你严重失职。孩子在校期间，校方有责任确保孩子的人身安全。你却让无关人士将小轩带出学校，如果由此引发严重后果，你难辞其咎！"

赵宁年的脸色更难看了，他想说什么，但我不给他机会。

我说："赵老师，我希望今后不再发生类似的事件。请你确保，除了我之外，任何人不能把景小轩从学校带走！"

我终于带着小轩走出了餐厅。

好不容易走到车旁，我的两腿抖得再也迈不开步。没想到白璐会开车。她自告奋勇坐上驾驶位。车子经过肯德基前的那条路，倪双霞从店里冲出来，跟在车后跌跌撞撞地跑。赵宁年老师手忙脚乱地去搀扶，也被倪双霞甩脱。

"朱燃，你会遭报应的！遭报应的！"车后传来老妇人声嘶力竭的叫声，但很快就听不见了。

谁都不说话，车中一片寂静。

快到家附近时，我伸出手去揽小轩的肩膀，他倔强地躲开。

我闭起眼睛，强咽下咸涩的泪。每个人都可以怨我，恨我，唯有我必须承受一切。我怎么会落到这般处境？

至少能肯定一点。倪双霞必定是按照景雪平的嘱咐，特为选在小轩十岁生日时出现。先是生日贺卡，再带出就餐，我费尽心力为小轩设下的保护圈，就此溃于一旦。

并且，这一切还仅仅只是开始。我从心底里清清楚楚地认识到这点。

一回到家，小轩就奔进他的房间，把门反锁。我敲门，呼唤，里面毫无动静。我的双腿早已绵软如泥。我靠着小轩的房门慢慢滑倒。

白璐扶我在沙发上坐下，还取出纸巾为我擦拭脸上的泪。

"没事了。"我说，"你回去吧，帮我向顾总请个假，就说孩子突

Chapter.02　没有依靠，除了自己

然病了。"

"是。"她点头离开。自始至终,没有多说一个字,没有多问一句话。这女孩识相得有些过分。但此刻我心中对她只有感激。我的麻烦太多,实在需要帮手。现在能使我信任的,只有白璐这样几乎全然陌生的外人。

费雯丽发疯时说,我们只能依赖陌生人的好心。

我连发疯的权利都没有。

在沙发上坐到夜幕降临,窗外的灯光一盏接一盏亮起,汇成繁星点点。家中一片漆黑。今夕何夕,与我没有任何关系。我的知觉全部维系在那扇白色的房门后面。

从古至今,母亲都是这样无怨无悔地守护着孩子。

却有几个孩子能懂父母的痴心?

"妈妈。"

我猛然抬头。小轩出来了。灯光从他背后的窗户照进来,这孩子的身影就像一张薄薄的剪纸,风吹得破。

我朝他伸开双臂:"小轩。"

他扑过来,投进我的怀抱。细细的胳膊死命地抱住我,抽噎。

"都是妈妈不好,是妈妈不好。"我语无伦次地说。

他边哭边问:"妈妈,爸爸真的死了吗?"

我无话可说,只好流泪。

这是我第二次为景雪平的死落泪。不哭则已,没想到一哭起来眼泪止也止不住。

最后，还是小轩来劝我。他举手给我抹泪："妈妈，别哭了。你还有我。"

这句话真说得我百感交集。

"是，"我含泪挤出笑容，"是的，小轩。今后我们俩一起好好过。"

小轩郑重其事地点点头。

我们默默相拥片刻。

"饿了吧，我来做晚饭。"我问他。

"妈妈，我不想去上学了。"

我大吃一惊。小轩垂下头，躲开我的眼光。

"不上学怎么能行？你不用怕奶奶……"我费力地说，"我可以关照学校领导，关照赵老师……"

"妈妈！"小轩提高了声音，"我不想去就是不想去！"

我突然按捺不住怒气："小轩！你不是一向都最喜欢学习的吗？怎么可以说出这种话来？妈妈要生气了！"

"我就是不想去！不去！"

我扬起手。小轩的脸涨得通红，却倔强地瞪着我。

我打不下去。

不能怪孩子。怪不得他。

我长叹一声："那么我们先请几天假，然后再说，好吗？"

小轩的脸由红转白，慢慢变成一种异样的、万念俱灰般的表情。在十岁小孩的稚嫩面孔上，这种表情格外叫人惊恐。小轩——

Chapter.02　没有依靠，除了自己

"太太。"

红妹挎着满满的购物袋回来了。"你们吃过晚饭了吗?"她在厨房里问。

我回过神来:"家里还有什么?"

"有,有。"红妹欢快地说,"可以蒸蛋,炒菜。我来做。"这缺心眼儿的姑娘。我和小轩的神态异常,她竟然毫无察觉。

其实红妹做家务马马虎虎,就好在为人纯朴。

之后几日,我成天在家陪小轩。小轩自己看书学习玩电脑,并无不妥之处。红妹起初也好奇,但很快就安之若素。迟钝,果然是她最大的优点。

每天我只开一次手机。一大堆的未接来电,多数是顾风华的,也有白璐和其他公司同事的。想来就是那些破事,我通通置之不理。顾风华如果真有要命的急事,可以亲自上门来找。我心里再清楚不过,除去公司业务上的需求,顾风华对我的死活其实漠不关心。

我也不需要他的关心。

我主动打过卢天敏和沈秀雯的电话。一个无人接听,另一个干脆关机。连续三天,始终如此。我为自己感到悲哀。

所幸小轩的状态不错。我也严命自己静心,陪伴小轩度过这段艰难时光,才是我最重要的任务。

就这样到了第四天中午,有人按门铃。

红妹慌慌张张地从厨房跑出来,我拦住她:"我去。"

来人是赵宁年。

"小轩这几天都没来上学,我过来看看他。"

赵老师穿着蓝底白条纹的衬衣,黑色长裤,干净而朴素。一眼看去便给人安全感。他的年纪与卢天敏相仿,但是完全没有卢天敏那种缥缈之气。在赵宁年的身上,一切都是确凿无疑的。他正派得让我有些不安。

"赵老师好。"小轩过来打招呼,明显地心虚。

"小轩,身体好些了吗?"赵宁年和蔼地说,"我给你带来了这几天的功课。"

他在沙发上坐下,细细检查小轩的作业本。孩子很快不再拘束,两人有说有笑。

差不多过了一小时,赵宁年告辞。

我将他送出门外,他说:"小轩妈妈,我可以和你单独谈谈吗?"

我当然不能拒绝。

我们在小区的会所咖啡厅坐下。赵宁年注视着面前的咖啡,沉默良久。我等待着。

"小轩应该回到学校去。"他终于开口说话。

"当然。"

"封闭在家中对孩子的心理健康尤为不利,他需要正常的社交生活。"

我笑一笑:"如果赵老师能说服小轩去上学,我自当感激不尽。"

赵宁年狐疑地皱起眉头。

"赵老师不相信是小轩自己不肯上学,对吗?"我说,"你特意上

Chapter.02 没有依靠,除了自己

门来查看,是否我把自己的儿子软禁在家?你得出结论了吗?"

他的表情有些尴尬。

我喝一口咖啡,苦得难以下咽:"赵老师,我不知道是否有人对你说过什么。但有一点我要指出,如果不是我一再坚持,不是我拼命努力,小轩根本进不了这所学校,也不可能成为你的学生。你根本无法想象,为了做到这些我付出了多少代价。我怎么可能不想小轩上学?"

我继续说:"或许几天前的事给赵老师留下了不好的印象。但事实是景小轩的祖母违反约定,并且给小轩造成了极大的伤害。她有什么资格恶人先告状!"

"小轩妈妈,我无意对你的家事擅加置评。"赵宁年字斟句酌地说,"我只关注小轩的健康成长。单亲的孩子在心理上往往脆弱。小轩已经失去了爸爸,你还要彻底隔绝他与父亲一方亲属的联系,尤其是祖母这样的近亲,是否有欠考虑?"

我冷笑:"果然是给倪双霞来当说客了。"

赵宁年垂下眼睑,他有一对和卢天敏很相似的浓眉。我的内心益发苦涩。倪双霞的皱纹和白发激起了这善良青年满腔的同情。虽然他以良好的教养和职业素质掩饰对我的憎恶,但我知道,他在心中已把我判定为虚荣、矫情、专横的女人——一个泼妇。

没关系,泼妇更可以畅所欲言。

"赵老师,单亲的问题我比你更清楚。"我点起一支烟,"景雪平,也就是小轩的爸爸,就出自单亲的家庭。他的母亲倪双霞三十岁守寡，独自将儿子抚养长大，还送进了大学。伟大的母亲，劳苦功高。自认有理由把儿子当成私人财产。不怕赵老师笑话，我这辈子遇到的最大情敌，就是那个老太婆！因为她的儿子爱我，她便恨我入骨。我和景雪平结婚后的每一天都在她的阴影下度过，不是我说话夸张，我的婚姻破裂一大半仰仗倪双霞。我原以为，既然她怎么都看我不顺眼，我走总可以了吧？呵，结果她又说我对她儿子无情无义，变本加厉地恨我！景雪平是在和我离婚几年后病故的，而今她连这笔账也算在我头上，口口声声我害死了她的儿子。真是欲加之罪，何患无辞！"

赵宁年沉默着，眉头越皱越紧。

我朝他倾过身子："赵老师，你现在还坚持认为，允许小轩和倪双霞交往对他的健康成长有利吗？"

"总之，不论任何人举出任何理由，我都不会允许倪双霞碰小轩，绝不！"我做出结论。

"当然，作为监护人，你有这个权利。不过同时我有个建议，你应该好好考虑如何不让小轩步他爸爸的后尘。"

我一愣。

赵宁年站起来，"不好意思，下午还有课，我先告辞。对了，"他不慌不忙地说，"刚刚小轩已经答应我，从明天开始返校。我会确保他在校内不受任何人的骚扰。请尽管放心。"

我一个人在咖啡座上待了好久。我有深深的挫折感，还有份屈辱。因为赵宁年是小轩的班主任，今天我对他讲话算得上掏心掏

Chapter.02 没有依靠，除了自己

肺，但他还给我的只是鄙夷。我曾以为，为了小轩我什么都可以忍受，什么都可以战胜。可是此刻我动摇了，我不是超人，我只是一个女人。假如身边环绕的全都是敌意和冷漠，我又能孤军奋战到几时？

景雪平，还有他的母亲。他们真的是要把我逼入绝境吗？

我下意识地从包中摸出手机，打开。

我按了卢天敏的号码。

"嘟……嘟……"

我失望已极，正打算挂断，"喂？"卢天敏含含糊糊的声音，好像从外星球传来。

"你终于接电话了！"

"唔——"他的反应也像在外星球上，慢半拍，"是你啊……"

"是我，"我握紧电话，生怕他再溜走，"天敏，我找了你好几天。你在哪里？"

"……我在哪里？……在哪里？"手机里传来咣当一声。

"天敏！"

"你别喊，没事……怎么这么黑？咦……是夜里？让我想一想，哦，这里是多伦多。"

我松了口气："谢天谢地，你脑子还没坏。"又失落，"什么时候去的加拿大？也不跟我说一声，说走就走……"

卢天敏仍然瓮声瓮气的："朱燃小姐，我也要工作的。不用我提醒你现在是多伦多时间几点吧？"

我听到他打了个大大的哈欠。顿时，心软作一团。

"我没什么事，就是想你……接着睡吧，天敏。"

"朱燃，"他的声音突然清润起来，"我们还要继续这样下去吗？"

"唔？"

"嫁给我吧。"他说。

我语塞，这家伙也太随心所欲了。想到一出是一出。

"喂！听见我的话没有？"

"听见，听见。"

"好还是不好？"

"天敏，"我用自己也觉得肉麻的声音说，"那么重大的问题还是等你睡醒了再议，好不好？"

卢天敏吹了一声响亮的口哨："真麻烦。"

我太了解他。深更半夜孤枕而眠，卢天敏对女友的渴望太过强烈，顺口就向我求了婚。此时此刻，他比任何人都真诚。但是明天一早，他就会把说过的话忘得一干二净。他的遗忘同样无比真诚。

我不会因此责怪卢天敏，相反我感激他。他让我体会到，人生尚有无穷无尽的可能性，只要敢于释放自己。

我当然不会嫁给卢天敏，但是，我从卢天敏的身上看见我希望带给小轩的人生。我的儿子，我不希望他长大成为景雪平、顾风华，甚至赵宁年那样的人。我希望他长成另外一个卢天敏。

就像一股自在清新的风，不为任何人停留，但所过之处人人神清气爽。

Chapter.02　没有依靠，除了自己

小轩，我该怎样为你创造条件？

我对着电话说："天敏，关于带小轩离开的事情，我正在考虑。"

"唔……"他兴奋不再，又开始昏昏欲睡。

"加拿大、澳大利亚或者美国……天敏，你好好帮我策划策划，好吗？找个最佳的方案。"

"随便啦。"

"快些回来，到时我们详谈。"

他肯定立即倒头便睡，而我的心在轻快跳跃。这是我第一次郑重考虑使用卢天敏的服务——移民中介。

其实，我与卢大敏本就因一次移民项目的推介会而相识的。

六七个月之前。某日午后我应约到香格里拉酒店与人会面。纯业务的会谈。双方在酒店大堂的咖啡厅谈了四十五分钟。因为对方还要赶飞机，便匆匆告辞了。三点刚过，我略感倦怠。没有太要紧的事必须赶回公司，回家的话又有些早，小轩还没下课。我姑且又要了一杯咖啡，缓缓啜饮。咖啡厅里很冷清，除我之外，仅有一个男人背对着我，坐在靠近柜台的高凳上。酒店大堂里倒是熙熙攘攘，像有什么活动正在举行。

奇怪的是，我不论朝哪个方向看，眼光总避免不了扫到那个男人的身上。上海的初春，户外尚且湿冷浸骨。他穿着高领的灰色毛衣，腰背的线条很修长。身旁的椅背上，搭着黑色皮夹克和驼色围巾。我按捺不住地想象他站起时的样子。双腿是否长而直？与上半身是否搭配得比例恰当？我期待看到他裹上皮衣、围起围巾；我期待看到他的脸。

还是走吧。我对自己轻叹一声，招呼结账。走出咖啡厅，大堂中竖立的一座海滨别墅模型吸引了我，原来这里正在举办一场盛大的投资移民推介会。看旁边的广告牌上的介绍，受邀参会的都是身家不菲者。

那片海滩真美，别墅的模型也做得令人向往。我正看得投入，耳边有人说话："请问……这是你的吗？"

是他，那个咖啡厅里的男人。他的手里还拿着一张名片。我的名片。

开发票时我习惯把名片交给账台，免了口述公司名称的麻烦。刚才走得太慌张，发票和名片一概未取。

我的脸微微发热，伸出手去："谢谢你。"

他却把手插回衣兜。

"唔？"

"我要保留你的名片。"他说得理所应当，眉目间隐含风情。

我有些恼火："你……那又何必来找我，多此一举！"

"为了让你看清我的脸啊。"

热潮刹那间蹿到了脖子。被人看透的窘迫，还是如此年轻的一个男人。他的脸，呵怎么说呢，真谈不上有多么英俊。但是这张脸，令我回想起自己的青春。

几十年的逝水年华，像是被这副青春的笑颜，轻轻松松地抹去

Chapter.02　没有依靠，除了自己

了。

之后我才知道，卢天敏的公司就是这场移民推介会的主办方。而他却在正经的公事现场不务正业。当然，这也是他一贯的作风。

我问过他，为什么会注意到我。

"因为你看上去既美丽又哀愁啊。"

"放屁。"我对他老实不客气。

卢天敏在我的白眼之下，笑得前仰后合。

笑完他说："其实，当时我看见你，人好端端地坐在那里，却像随时要逃走一样。"

我很诧异："我有那么慌张吗？"

"不是慌张，是魂不守舍。你的心是被迫活在这个身体里的，它想挣脱。"

我默然。

他搂住我："当时我就想，这个女人，我可以帮她的。我要带她逃离这可怕的生活。"

自从我们在一起，反反复复地，有很多次他对我表达同样的意思，但我从不当真。

我对卢天敏的态度就是这样奇特。一方面，我相当在意和他的关系；另一方面，我又对这一切将信将疑。我绝对认真地与他相处，但又总是觉得，不论他还是我，在这段感情中所寻觅的，都并非仅仅是对方那么单纯。

既清醒又沉迷，我就是这般自相矛盾的中年女人。曾几何时，我也有过为爱走天涯的勇气；今天，我所剩的只不过是一种姿态。

卢天敏走眼，他不知我已失落爱的信念；但他又看得很准，对生活我还没有彻底死心。是命运让我遇见他。今天，我终于决定把他的提议当真了。

走。即便不为我自己，为了小轩，仍然值得一拼。

下一个问题：怎么走？

卢天敏提议结婚。肯定是最简便易行的办法。可惜连我自己这关都过不去，何况还有小轩。倒是可以选择一个妥当的移民项目，卢天敏定能大大地提供帮助。唯有一样，不论哪种移民，都需要一大笔钱。

钱。

我把手机在掌中翻来覆去地摆弄。钱。

我苦笑，终于还是兜回来。爱情、自由、未来……这个世界中所有动人的词汇，最终还是汇聚到一个字上——钱。

我翻到沈秀雯的号码，说到钱，她是最能帮我的人。

友谊，绝不应该用钱去试探。但话说回来，假如这种时候都靠不上，要朋友来何用。

我一边鄙视自己，一边狠狠心拨出号码。

还是已关机。我又拨她家里的电话，仍然无人接听。沈秀雯是个喜怒无常的女人，类似情况过去也发生过若干次，我倒不是特别担心。看来必须亲自去找一找她。我很懊恼，将不得不在沈秀雯的情绪低潮期开口谈钱。

Chapter.02　没有依靠，除了自己

固然，我并非只有这么一个选择。顾风华承诺过我不少公司股份。如能兑现，也是一大笔现金，当能应付移民之用。

只是，需要谈判。

我去了公司。

好几天没上班，办公室里一切照旧。几个部下本来在轻松说笑，乍一见到我神情都有些发僵。我刚在自己的小间坐下，他们就赶紧轮流来汇报。

我随口问："白璐呢？"

副经理答："白璐在顾总办公室。"

"顾总找她？"

"是，谈了有一会儿了。"

我想不出顾风华和白璐有什么可谈的。除了跑腿打杂，白璐没有任何可资一用的技能。况且白璐现是我的助理，顾风华何以跳过我直接找她？

我不爽。

处理了一番公务。半小时过去，白璐还是没有从顾风华的办公室出来。我不想再等。直接走过去，敲门。

"谁？"顾风华在里面问。

"是我。"

房门腾地打开。顾风华满脸怒气地出现在门后。

"朱燃，你来得正好！"他一把将我拽入，随即在我身后关上门。

我一眼就看到，白璐端坐在长沙发的尽头。垂着头。听见响动她抬起脸来，两行清晰的泪痕。

我很诧异。望一眼顾风华。才几天不见，他的面孔发黑，似乎一下子老了许多。他先是阴沉着脸不作声，突然一指白璐："朱燃，她是你的部下，你劝劝她。"

"劝她，做什么？"

"当然是为了公司利益，大家的利益！"顾风华看起来很焦躁，"我下楼抽支烟。你和她好好谈谈。总之我再强调一遍，融资是公司的当务之急。头等大事。每个人都要奉献、牺牲。如果做不到，就别在这里混了！"

他一甩手，出去了。

这人简直莫名其妙。但任何事总有原因。

我在白璐身边坐下。她眼睁睁地看着我。泪痕犹在。我第一次发现这女孩有几分姿色。水盈盈的一双眸子，脆弱中透着倔强。最主要的是，有鲜活的生机从这张面孔后渗出来。

我向她微微一笑："出什么事了？"

自顾风华出去，白璐的神色就逐渐平静，显得很有承受力。她抿了抿嘴唇，然后简洁地回答："顾总给我安排一件工作，但我无法接受。"

"什么工作？"

"他要我去见一个人。"

"一个人？谁？"

"投资公司的大老板。"

Chapter.02　没有依靠，除了自己

"大老板？"我还真没想到。这事看来不简单。

白璐的脸色由白变红。她避开我的目光，轻声说："顾总讲，投资公司的大老板刚到上海。顾总要我带着融资项目的资料去找他，向他做简报。"

我的脑子一时转不过来："让你去给投资公司大老板做简报？什么时候？"

"顾总说……就今天晚上。"白璐把头垂得更低了。

我盯着她。黑色长发绕过耳廓垂落胸前，粉色仿钻的小耳钉闪着光，娇嫩的耳垂吹弹可破。这女孩身上有种不动声色的魅惑力，之前我怎么没看出来？

"可她竟然拒绝了！"顾风华回来了，神色较之前稍缓。

"投资公司大老板？"我问他，"突然冒出来的？"

"什么突然冒出来。你不要瞎讲。人家之前不出面，是让手下人打头阵。如今基础工作就绪，下面报告也打上去了。快到拍板的时候，自然是大老板出场咯。"

"哦，人你见过了？"

"还没有。"

"你都没见过，就让白璐去给他做简报？"

顾风华一言不发。

事情的来龙去脉，我大致猜出几分了。

"白璐没有参与过融资的工作，对情况一无所知，是最不合适去做简报的。"我一边说，一边感到恶心。事实上白璐不仅不懂融资，她压根对公司业务一窍不通。让她去给投资公司大老板做简报，简直是个笑话。

这个世界，何以变得如此不堪？

"白璐，你先出去。"顾风华说，"我和朱总有话要谈。"

白璐闷声不响地跑了。

顾风华坐到我对面。一片愁云惨淡。

"朱燃，你知道这次融资对我太重要了。只可成功不可失败。"

我苦笑："你真的不必对我强调这个。"

是啊。我为小轩计划的未来，心心念念的自由。我所期盼的畅快人生，莫不系于此。我和顾风华一样迫切地需要融资成功。只有成功，我才能要求兑现股份。

"那位幕后大老板，究竟是什么人物？"

顾风华咳了一声："据说是个传奇人物，发过大财也坐过牢。几沉几浮。如今手上握着好几支投资基金，每个都有数十亿的规模。地产、运输，甚至矿业，都有涉及。"

"呵，财富榜上排第几？"我揶揄道，"我去查查资料。"

顾风华闷闷不乐地说："查不到什么细节的。网上的资料都是统过稿。此人作风低调，行事难以捉摸。"

"对他来讲我们这是太小的项目了，有必要亲自过问吗？"

"按理说是。但最终决策权还是在他那里。手下那帮家伙，统统是傀儡。"

我冷笑："是这帮傀儡中的哪一位建议你用美人计？"

Chapter.02　没有依靠，除了自己

顾风华仰起头，干笑。

我又是一阵恶心。看来没猜错，这位神秘富豪的确有此隐癖。人要是下作起来，钱就是最大的帮凶。

"其实那也算不得什么。男人嘛。呵呵。"顾风华讪讪地说。

"为什么让白璐去？夜总会里请个高级小姐不是更好？哪怕你出血本，找个小明星去伺候，至少有职业素养，懂得如何提供优质服务。让白璐去，你不怕反而搞砸了吗？"

我话说得太直接，顾风华的脸上挂不住了。

"朱燃，我承认此事上我有欠考虑，但我也是没办法啊！你想想看，那种身家的人，假如真有这方面的嗜好，别说小明星了，恐怕连大明星也都玩腻了。所以……唉，算了算了，这事就不提了罢！"

"好，我会叮嘱白璐守口如瓶。"

"可是——"顾风华仍旧忧心忡忡。

"老顾，你到底在担心什么？之前的形势不是很好吗？几轮审查都通过了。他们没有理由不投资的。"

顾风华把整个上身朝我倾过来，一副推心置腹的模样。

"朱燃，我想速战速决。最怕的是夜长梦多，横生波折。"

"会吗？"

他的脸色阴沉下来："你不知道，梁宏志要挟过我好几次。"

"梁宏志？"

"他非要我答应，投资到位后把三分之二的资金给他，继续研发'守梦人'游戏。他的胃口太大了！我告诉他这东西是个无底洞，不管投入多少都没用的，根本产生不了盈利。如此下去整个顾臣集团都会被拖垮的。你知道他怎么说？"

我等顾说下去。

"他说顾臣集团早就垮了。"

我喃喃："他也不是全无道理。"

"当然没道理！"顾风华爆发，在办公室里来回踱步，简直是在叫嚷，"这三年来'守梦人'给我们带来了什么？食之无味，弃之可惜！为了维持这个概念，我不得不用其他业务的利润来填它的空子。偏偏这个大火坑，填多少死多少。'守梦人'游戏早就没救了！"

"但是目前我们需要这个幌子。"

"没错。可也就是个幌子而已。赶紧把投资拿到手，我就能扩大其他有利可图的业务，公司才能生存下去。如果真像梁宏志要求的，我把大部分投资交给他去开发新版'守梦人'，那才是死路一条。"

我叹息，火中取栗的滋味不会好受，顾风华早该有心理准备的。

我说："梁宏志是偏执狂，和他不能使用正常人的逻辑。"

"可我担心，他若是一味这样胡闹下去，融资只怕会被他搅黄！"

"有那么严重？"

顾风华曾经信心十足，似乎梁宏志完全在他的掌控之中，今天却危言耸听。顾风华为什么要自揭其短？我的预感渐渐成形。

"太严重了。朱燃，现在只有你能帮我。"

我淡淡地"嗯"，倦意侵袭四肢百骸。"你别让梁宏志接触投资

Chapter.02　没有依靠，除了自己

方就是了。他掀不起什么风浪。"

顾风华相当尴尬。

"这恐怕避免不了。你记得上次那个乔纳森吗?"

我当然记得,健壮的麻省理工博士。

"他提出必须和梁宏志会面。"

我深深地叹了口气。活着为何如此艰难?

"梁宏志则要挟我,如不答应他的条件,他就把慧龙收购案的老底揭给投资公司看,和我同归于尽。这个无赖!流氓!"

"那样的话,他自己也得不到任何好处。"

"你不是也说了?和梁宏志用不上正常人的逻辑!对付他必须有非常手段。"顾风华踌躇着,"朱燃,现时只有你能帮我。"

我直视顾风华:"我?我能有什么非正常的手段?"

顾风华终于露出些许不安和羞愧,但做戏的成分居多。人的良心要时常唤醒方能保持警惕,顾风华的良心,很早之前就被他丢进深山古墓了。

只听他声情并茂地讲:"朱燃,梁宏志不怕我,他怕的是你。你去说服他,一定有效果。"

"他怕的是景雪平。"

"那不是一样嘛?"

我麻木地说:"景雪平已经死了。"

"所以才请你出面嘛。"顾风华把声音压得低低的,"商业欺诈是一回事;杀人是另一回事。梁宏志再偏执,这点还是懂的。"

杀人。

我把自己锁进小间。也不知过了多久,有人敲门:"朱总,我可以进来吗?"

是白璐。

她在门外说:"已经七点半了。您要加班吗?"

果然,开放办公区已经空空荡荡,灯都灭了。只在大门边开着一盏应急灯。一小圈寥落的白光,像无主的灵魂被抛弃在那里。

加班?不,我摇摇头。浑身无力。好像刚生了场大病。

"您还好吗?要不要我送送您?"她问得小心翼翼。脸上有那么一份诚意。不多不少,但足够打动我。

我们一起上路了。由白璐驾驶我的奥迪车,方向是公司设在开发区里的研发部。顾风华肯定不赞成我的做法,但我自己开不了车。况且还要考虑如何返回。那里地处偏僻,晚上连出租车都叫不到。

其实都是借口。真相是我害怕,怕得要死。一路上双腿都在发抖,怎么也止不住。白璐把车开得又快又稳,以她的敏感必定察觉到我的异样,但她保持沉默。

这女孩的城府实在让我惊讶,可是我依赖她。世上我几乎已无人可以依赖。

晚高峰的尾声,出开发区进市中心的车挤满了对面的车道,热热闹闹地往家赶。我们这边则畅通无阻。越向前开,道路越宽阔,前方越黑暗。

Chapter.02　没有依靠,除了自己

还有很长一段路。为了分散注意力，我和白璐闲聊："你车开得不错。很少见到开车这么好的女孩。"

"谢谢朱总夸奖。"

"什么时候学的驾照？"

"不久前。"她轻轻地翘起嘴角，"在我找工作的时候。"

我本来随口一问，现在却产生了兴趣："你想当司机？"

白璐的脸红了："当然不是。"

"那考什么驾照？一般女孩子找工作，不是都弄些电脑文员财会之类的证书吗？"

她的脸更红了："我的钱只够学一样。"

一个女孩子为找工作，用所有的钱学驾照。我更不理解了："驾照有什么用？"

白璐向我侧过脸来，粲然一笑："这几天我一直在当司机，真的有用哎。"

我很讶异。

她把自己表达得如此鲜明，又如此暧昧，绝非常见的懵懂年轻人。这个白璐，心机太深沉。她究竟是什么人？

我劝解自己，神经太紧张了吧？白璐什么都不知道。陌生人而已。

其实何止紧张，我的神经都快要绷断了。不知不觉中，车已驶入通往研发部三层小楼的岔道。沿途昏暗的路灯下面，灌木绿化低矮无序，即使在白天也增加不了美观，只是垃圾和流浪猫狗的栖所。

正前方。夜雾中竖起三层方形的建筑。像块灰色的巨砖，没有一丝光从缝隙里透出来。

"人都走了吧？"

白璐停下车。她头一次见到这个阴森的所在，也害怕了，嗓音直打战。

我知道即使别人都走了，但梁宏志会在。小楼的顶层有一间终日不见天日的暗房。自顾臣集团购入慧龙，租下此处当研发中心，梁宏志就住进来。办公，生活，全都在这里。

员工渐渐占满小楼。梁宏志名义上是研发中心主管，却很少走出他的"暗室"。他习惯晚上工作。昼伏夜出。开会也在"暗室"附属的小会议室。

公司上下对梁宏志有个别称——"吸血鬼"。因为从没人在日光下见过他。

今夜，我奉命来和"鬼"谈判。

我让白璐留在一楼大厅等待。我独自搭乘狭窄的电梯上楼。整栋楼黑得像实心的。只有三楼的最尽头处，亮着一盏白炽灯。灯下就是"暗室"大门。

门从里面打开。"鬼"在等我。

室内一样不见灯光。只有满屋的电脑屏幕，映出一张青中泛白的长脸。活生生的鬼脸。见到我，梁宏志朝我咧开嘴。我不禁倒退一步。那张嘴里像随时会挂出舌头来。

"顾风华孬种，派女人出面。"死气沉沉的声音。假如鬼真的会

Chapter.02　没有依靠，除了自己

说话，大约如此吧。

我远远地站在门边。全封闭的房间里，人体的秽浊与机器的废气混在一起，浓重得令人窒息。

"是我自己要来的。"

"你？"他仰头大笑，"朱燃，为了你好，我劝你还是赶紧离开顾臣公司，离开顾风华。"

"是要离开，但不是现在。"我咬牙道，"我不能空着两手走。总得拿到回报。"

"你也一样。"我又说，"我们都付出了太大的代价，谁也不想最后落得一场空。"

梁宏志很不耐烦："你去跟顾风华讲，休想弄到钱就把我一脚踢开。你告诉他，我随时可以叫他完蛋！没有我梁宏志，没有慧龙和'守梦人'，他一分钱都搞不到！"

我的下颌生疼，可是拼命让自己口齿清晰。我一字一顿地说："梁宏志你听着。没有你，我们照样可以弄到很多钱。没有我们，你就会进监狱！"

梁宏志从椅子上弹起来："你什么意思?!"声音里充满恐惧。

我说："纪春茂是怎么失踪的？"

梁宏志不响，死死盯着我。

"景雪平告诉过我一些事情……我至今连顾风华都没透露。但是，若你刻意破坏融资，为一己之利断大家的财路，我必定揭发你！"

"不不不，你没有证据！"梁宏志狂叫起来，拼命摇头。

"我有证据，景雪平给我的。"

梁宏志瘫软在座椅上。

我用仅存的力气说："记住：你不仁，我不义。"

我伏在卫生间的水池前干呕时，白璐出现在我身边。镜中，她的脸色和我一样惨白。

"怎么？"我无力地问。

"楼下太黑了。我、我一个人怕……鬼。"

"傻姑娘，哪有什么鬼。"其实人就是鬼，鬼本是人。人怕鬼，鬼也怕人。真不懂为什么要怕来怕去的。我靠在水池旁咯咯笑起来。

白璐连扶带拽地把我弄上了车。

回去的路上白璐更加沉闷，我却很兴奋，很想说话。

我想起来时的话题，问她："父母也同意你学驾照？"

她没有立即回答。

夜已深，高架上依旧车水马龙。黑夜中人们继续奔忙，有千万条理由。但真正的原因只有一个——他们恐惧。

白璐终于开口了，冷冰冰的："我母亲在我上学前就去世了。我从没见过父亲。"

"对不起。"

我不觉意外。白璐身上的某些蹊跷，似乎有了答案。

"你一定过得很不容易。"

"也还好。"

Chapter.02　没有依靠，除了自己

真好笑，我自己这么狼狈，还去同情别人。是为了找些优越感来平衡吗？

"即使父母双全，成长也是件很艰难的事。"白璐把话题从自己身上引开，很老练。"朱总，可以问你一个问题吗？"

"嗯？"

"为什么和小轩的爸爸分开？"

不问则已，一问惊人。没想到她会这样直截了当。

见我不吱声，白璐轻声解释，"我从小没有父亲，所以……我很心疼小轩。我觉得父亲对孩子特别重要。"

"那要看什么样的父亲。一个父亲能教给孩子最宝贵的东西，是责任心。可悲的是，小轩的爸爸是个完全没有责任心的男人。分手纵然不能全怪罪一方，但离婚时他强占夫妻共有的唯一一套房产，害得我和小轩在外借宿很长时间。仅从这个表现上来讲，你觉得他能算得上是一个好父亲吗？"我一口气说完，心中感到无可名状的畅快。

车正好停在一盏红灯前。白璐的面颊显得特别红润。年轻就是优势，折腾到现在还能有这样好的气色。谁不曾年轻过，谁也不会永远年轻。

我关切地问："白璐，有男朋友了吗？"

她一愣："还没有。"

"虽然我自己不是成功的榜样，但还是要劝你，趁着年轻好好恋爱。"我说，"对女人来讲，爱情始终是幸福的唯一源泉。其他都不重要。"

体己话点到为止，我们都无意成为彼此的朋友。只要白璐不去散播今夜的见闻，对我就足够了。

至于景雪平，他加诸于我头上的种种重压，在今夜达到顶点。从现在开始，我要一点一滴地卸掉。不论他曾定下何种计划来摧毁我，都绝不会得逞。

很快我将带着小轩离开。任何人、任何事都不能阻挡我。

Chapter.02 没有依靠，除了自己

Chapter. 03
似是故人来

每个人都会在夜里变得脆弱，或者陷入虚幻的梦境。白昼到来时，强者披上盔甲，杀进现实。

第二天一早，我开车送小轩上学，亲自将他交到赵宁年手中。

"赵老师，小轩就拜托你了。"

我故意客气地说，就差像日本女人似的深鞠一躬。

"请放心。"赵老师回避着我的目光。"下午也是你来接吗？"

"当然。"

我发动车子，从后视镜中看到赵老师牵住小轩的身影越变越小。其实赵宁年身上颇有可爱之处。他肯定来自某个名叫"正确"的星球，所以才配为人师表。

重要的是小轩喜欢他，他亦能保护好小轩。

而我自己的人生，早已偏离了"正确"的轨道。究竟是从何时开始误入歧途的呢？记不起来了，那必定是很久很久以前的事了。

我给顾风华打了个电话，简短汇报昨晚的经过。梁宏志会不会学乖？我也没把握。至少我已尽了全力。然后，我掉头往市中心驶去。

沈秀雯在市区的上佳地段有间店面，我打算去那里找她。本该先打个电话过去的。但我向来只拨她的手机，从没记过店里的号码。

好在不远，道路也通畅。

店面位于高档写字楼的裙楼，光租金就吸掉大部分生意利润。装潢富丽时尚。沈秀雯在此花费了很多心血，楼上有她的私人办公室，平常大部分时间她都待在这里。指挥业务是一方面。对子然一身的女人来讲，这里更像是她的精神寄托。

"沈总不在。"

前台小姐瞪着一双茫然的大眼睛回答我。我常来此地，但沈秀雯更换前台的频率更高。这位又是新来的，与我相见不相识。沈秀雯中意的前台全是同类女孩，圆脸大眼智商堪忧。在我看来每一个都差不多，真不明白秀雯何以换之不疲。

环顾四周，清一色的女人，仿佛进了娘子军。没有一张熟面孔。本店的人员流失率定居行业之冠。哪怕冒着失去老客户的风险，沈秀雯也忍不住要在这些女孩身上开刀。老姑婆的恶形恶状，不想也知。

"哎哟，朱小姐来啦！"一人风风火火从旋转楼梯上跑下来。

我松了口气。总算还有她——沈秀雯的助理兼店长陶丽丽。全因她比沈秀雯更老、更丑、更姑婆，所以幸存至今。

"秀雯在吗？"我问。

陶丽丽答："朱小姐，我还想问你呢！沈总自从美国回来以后，就只到店里来了一次。此后就不见了，怎么都联系不上。"

看来沈秀雯并非只回避我一人。

"去她家里找过吗?"

"还没有。"陶丽丽为难地说,"平常我也走不开。再说,沈总最讨厌别人上她家。"

只有我上门去找了。

"我用下洗手间。"我抬头看看楼上。

"好,您用沈总房间里的。"

陶丽丽跟了沈秀雯几年,深知我们的关系,所以殷勤地奔上楼,为我打开沈秀雯的办公室门。

我走进去。正对面的墙下是沈秀雯的办公桌。右侧是整排的展示柜,陈列着她所经营的产品。展示柜前摆着真皮的长沙发。房间的左侧是连排的大玻璃窗,上悬白色遮光窗帘。

家什一色雪白。

桌上没有相架,墙上没有挂画,沙发上没有靠垫,整间屋中连一棵绿植都没有。每次我走进这间屋子,都像是一脚踏进了虚无。

《红楼梦》里形容薛宝钗的屋子,布置得如同雪洞一般。想来也不过如此。洞察人心的贾母因此甚为不悦,批评说年轻姑娘的屋子如此素净,我们这些老婆子更该死了。

豪车名包只是装点门面。沈秀雯的心,早死了。

我慢慢踱到窗边。窗下是一条行人稀落的小街。向远处望过去,则是大片圈起来的空地。这么好的地段,不知被哪位无良的开发商屯了许多年,始终不见动静。里面的杂草已长得比人还高。没人会欣赏这种景致,偏偏沈秀雯视之若宝。近年来,这个铺面的房

Chapter.03　似是故人来

租翻了好多倍，做起生意来毫厘必较的她，却从没动过迁址的念头。

只有我知道为什么。

我望向空地的另一端。一条窄窄的小河从那里蜿蜒而过。河上有座铁桥，桥身黢黑。也已荒废日久，不堪使用。小河对面便是本市著名的怀旧区。咖啡馆、酒吧、时尚小店铺，错落其间。每到夜晚，那头的小资旖旎和这边的豪华富丽相映成趣，只是中间隔着大片死地，难以跨越。

想必有不少投诉送达过管理部门，但均如石沉大海。

我再望一眼铁桥，就准备离开了。突然——

车影一闪。白色保时捷！定睛再看时，车已沿着空地的外墙飞驶而去。肯定是她！

我赶紧冲下楼，在陶丽丽及娘子军们的众目睽睽之下，奔出店外。

我驱车猛追。两三个红绿灯后，已经能看到沈秀雯的车尾了。只见她先绕着空地开了一大圈，从另一条路上跨过小河，又猛一掉头开回怀旧区。

这条行车路线也太蹊跷了。我猜不出她想干什么。

时间尚早。咖啡馆和酒吧都要到午后才营业。此时的怀旧区里，基本看不到路人。白色保时捷孤零零地停在入口处。前面是步行街。

我也把车停下。

"秀雯。"我轻声唤。保时捷里是空的。

我慢慢朝步行街里走进去。碎石子铺就的小路上，我的足音异常清晰。侧耳倾听，是不是还有别的脚步声？

似有，似无。

而我自己的心脏，在胸腔里发出轰鸣般的跳跃声。

我一步一步，走到了怀旧区的尽头。

前方，就是那座废弃的铁桥。桥身已锈成深黑色。入口拦着一扇铁门，上挂一枚巨大的铁锁，同样锈迹斑斑。天气阴沉，河水泛出浊气，黑得如同墨汁。

有一个人，笔直地站在铁门边。面向铁桥，我只能看见他的背影。

我停下来，注视他。

世间的万事万物不复存在。时间也停止了。直到细雨飘落，河面上浮起若干轻烟。

那人仿佛被雨滴醒，转过头来，也看见了我。

"下雨了。"他笑一笑，像有兴趣与我这陌生女人搭讪几句。

他不认识我。但显然，我合他的眼缘。我有这个信心。

我也向他报以微笑："是的，这个季节一贯如此。一场秋雨一场寒。"

"你是本地人？"

"土生土长。"

他点点头，态度十分沉稳、亲切。

我走上前一步，这样便可将他的面容看得更细致。

Chapter.03　似是故人来

我热心地问:"您是想上那座桥吗?"

"是啊,我看它的样子很别致。可为什么锁起来?"

"锁了有些年头了。"我指一指对面的空地围墙,"因为对面那块地一直闲置,管理部门可能怕不安全,索性连桥一起锁了。"

他沉吟:"是这样……那挺可惜的。"

"是可惜。"

"我还以为是没到开放时间,所以傻等到现在。"

他不会这么傻。我知道,他还是将我当作陌生人,不愿泄露实情。

"酒吧和咖啡馆什么的,有些中午就会开门。"我继续扮演热心的本地人角色。

"我对那些倒没什么兴趣。" 他的神色一下子变得很疲惫。

"雨好像也大起来了。"他抬起手试一试,"我还是走吧。"

"我在此地上班。"不待他有所表示,我抢先说。

"哦,那么……再见。"

他再次向我点一点头,微笑告辞。

我侧过身,看着他从我面前经过,缓步走远。

雨果然越来越密,织出一道纵贯天地的迷雾。

"朱燃。"有人在叫我。

沈秀雯就站在碎石子小道的对过。从头到脚罩着黑色的雨衣,比平常更显臃肿。不仔细看,根本分辨不出是男是女。

她快步走过来:"你看看你,都湿透了。快跟我回车里。"

我被她拉进保时捷。此时才觉全身濡湿，寒气入骨。

"怎、怎么秋天就这样、冷?"我哆嗦得说不出成句的话。

沈秀雯叹口气，把车内的暖气打开。身体渐渐回暖，但我的心像沉入冰海，已经僵硬了。我把头靠在车窗上，神志恍惚起来……

三年多前，在一个差不多阴冷的秋日里，我和景雪平吵了平生最厉害的一架，随后便离开了家。确切地说是被景雪平赶出了家门。

我独自一人在街上走了许久，浑然不觉天色已黑，和今天一样细而密集的雨打湿全身。是沈秀雯找到了我，把我拉上她的车，同样为我打开暖气。

记得她痛惜地抚摸我的脸。直到那时我才觉出面颊痛到发麻。

秀雯恨恨地说："真没想到景雪平也会动手打人，还打得这么凶!"我摸一摸自己的嘴唇，肿起来好高。沈秀雯把后视镜转过来。我看到自己的脸已经变形，上面色彩斑斓的。活像戴上一副小丑的面具。

我咯咯地笑起来，一直笑到泪花四溅。

"朱燃，朱燃，你别这样。"沈秀雯低低地叫唤我的名字，声音里满是凄楚，倒像比我更灰心。

"秀雯，我没有家了。"我说，"景雪平坚决要求离婚。但他要留下我们的房子，还有全部存款。所有的钱物他都要，呵，他唯一不要的就是小轩。"

沈秀雯咬牙切齿地骂："卑鄙! 无耻! 这也算男人，真不要脸!"

"这样也好。"我又笑起来，"我和他的婚姻本来就是一场误会，

Chapter.03 似是故人来

早该结束了。我只要有小轩就够了。"

沈秀雯诧异："你不在乎？"

"事到如今，在乎又能怎样。"

"我帮你请律师，打官司。"

我摇头："不必了，就当花钱送瘟神。"

"啊……随你。"沈秀雯的表情很古怪。她无法理解：一向强势的我怎么会突然委曲求全？而一向唯唯诺诺的老实人景雪平，又如何在一夜之间化身为暴徒？

其实，人与人之间的力量对比向来如此。强和弱只是相对的概念，尤其是当爱的因素掺杂其间时。在我看来，那时景雪平的绝情算不上出乎意料。南柯梦醒，他有权利为失去的半生而疯狂。

那么今天的沈秀雯呢？是不是也到了梦醒时分？

当日与景雪平反目时，我尚有沈秀雯在身边。我和小轩在她家中借宿近半年，她毫无怨言。我立志要买下滨江的房子，为小轩建立一个新家。也是沈秀雯慷慨解囊，借给我数百万的首期款。这笔款子我很久以后才还上。如果算上利息和房价涨幅，沈秀雯帮我的又何止那个数额……

我思前想后，不禁感慨："秀雯，你还记得三年多前吗？那时你帮我太多。"

沈秀雯冷冷地回答："当初的事情还提它做什么。"

我错愕。

沈秀雯已脱去雨衣，几缕头发湿答答地黏在额头上。她看起来异常憔悴,整张脸浮肿,面色灰白,还印着两个大黑眼圈。

是了,我心黯然。时过境迁,沈秀雯的梦终于也醒了。

准确地说是彻底破碎了。

"你看见他了?"她以细不可闻的声音说。

我顿悟——她说的是铁桥前的男人!

"原来你……"我简直难以启齿,"这些天你一直在跟踪他?"

"从找到他的住址起……是的,我跟踪他,从早到晚。"沈秀雯的嘴角扯出一抹苦笑。

"他竟没有发觉?"

"好像没有。呵,我的跟踪技术不错。"

我突然想起来:"你上回说在洛杉矶机场遇到的熟人……就是他?"

沈秀雯点点头。"当时我很慌张,害怕极了。所以一回国就去找你,想从你那里得到些支持,哪怕是口头的安慰也好。"她又冷笑起来,整张脸都扭歪了。"可是你压根就不关心,你只关心你自己。"

我无言以对。

"你……要是心里还放不下……其实……可以和他见个面?"我自己也不知道在说什么。

"见面?让他看我现在的样子吗?"沈秀雯拔高嗓门尖叫,"十年来我成了什么模样!连我自己都嫌恶!我死也不会再见他的,绝不!"

我闭起眼睛。

Chapter.03 似是故人来

"这一切都是你造成的!"

我又睁开眼睛。沈秀雯满是怨毒的脸在眼前一个劲晃动。

我有气无力地辩解:"不,秀雯。你知道我的初衷是为了保护你。我没想到你会受不住打击,会自暴自弃。现在你把一切都怪在我的头上,这不公平。"

"是,当初你都是为我好。"她讥讽地说,"所以这几天我不光跟踪,我这个大侦探还做了些别的。呵呵,调查工作。"

我惊恐地看着沈秀雯,她不会已经疯了吧?

她说:"我告诉你朱燃——他还是他。他是成墨缘。"

沈秀雯把我赶下保时捷,驱车扬长而去。

我坐回自己的车,根本没有力气开动起来。我索性闭起眼睛,仰靠在座椅上。躯体四肢仿佛已经不属于我,一切知觉都麻木了。精神却亢奋着,脑海中思绪奔腾,如入无人之境。

雨已经停了。阳光驱散了河面上的雾气。能见度增强许多,怀旧区中各异其趣的店招纷纷反射出金色的日光。就连那座漆黑的铁桥,也仿佛增添了生气。

十年前,这座铁桥还是开放给人行走的。桥对面是许多年前形成的棚户区,也就是今天被拆成荒地的区域。简陋的砖房密密匝匝,羊肠小道仅容两人擦肩而过。杂物和垃圾遍地。外来者一旦进入,便走进迷宫。

十年前,此岸的怀旧区刚有个雏形。对岸棚户区最外围的街面房,与之相配开出了一溜的各式小铺。铁桥上人来人往,居民和游客相杂，烟火气十足。

记得，那一次我们是搭出租车来的。自驾对我和沈秀雯都是很久以后的事。那天我们在河这岸下了出租车，携手走上铁桥，她苗条轻盈，我大腹便便。

我们都是二十九岁。

我的肚子里怀着八个月大的景小轩。短发布鞋筒裙，从脸上到身上处处浮肿。孕妇的丑态我样样具备，却毫无待产妈妈那由内而外的光彩。

因为我不幸福。

与景雪平结婚时我就说清楚，我不要小孩。他肯定是不情愿的，但那时他一心只想我嫁给他，什么条件都满口应允。或者他以为，我就是说说而已。一日夫妻百日恩。景雪平一厢情愿地抱着希望，希望生活会改变我，他的付出会感动我。呵，他就是这样执迷不悟的傻瓜，到死不变。

所以当我发现避孕失误，执意要去流产时，景雪平无论如何也接受不了。他以为我们已经成了一家人，我不应该再这么顽固，这么自私了。换句话说，他觉得事到如今。朱燃，你就认命了吧。

我偏不认命。

医生警告，我有生理缺陷，如这次流产今后便再无生育可能。倪双霞和景雪平轮番劝说我，软硬兼施，威逼利诱。我就是不答应。

直到一个深夜，景雪平跪在我的面前。他的双手搭在我的双腿上，手掌心一如既往地湿凉。他声泪俱下地说："朱燃，我知道你为

Chapter.03 似是故人来

什么坚持不肯要孩子。我知道,你不爱我。虽然嫁给了我,你从没有过一分一秒的幸福,因为你不爱我。但正因为如此,我求你生下这个孩子。我相信,我竭尽全力也给不了你的快乐,这个孩子会带给你。我是个没用的人。虽爱你至深,爱到心都已经裂了,爱到随时可以为你去死,却仍然不能使你幸福。我现在唯一能给你,就只有这个孩子,他会代替我来爱你,陪你,使你体会到人生的意义。朱燃,我求求你,生下他。哪怕你要用我的命来换他也可以。求求你……生下他。"

我永远不会忘记他那张泪水四溢的脸。这一生,景雪平从未唤起过我的爱情,但他毕竟引发了我的同情。他的话真切地打动了我。使我明白,他所期望的不是延续血脉。景雪平只期望保住他卑微的爱情。

这个理由说服了我。使景小轩得以诞生,使我最终成为了一名母亲。

我去告诉秀雯我怀孕的好消息。不料她也有好消息等着我——沈秀雯要结婚了。

从技术学校毕业以后,沈秀雯进入一家国企上班。谈过几次恋爱,均无疾而终。外表平淡的她,仿佛一直在等待着某种强烈的、足以摧垮人生的激情。

就这样,在我心情复杂地等待新生命的同时,沈秀雯也迎来了人生唯一的一次爱情。我惊奇地看见,她的生命之花一天一天绽放开来。我在日益臃肿。沈秀雯却容光焕发,实实在在地变成了一个美女。

沈秀雯邀我去见一见她的未婚夫。

去之前，她向我详细介绍他们的相爱过程。从如何结识，到对方的背景和性格，他们在哪些方面相互吸引，相处时的感觉，以及婚后的打算云云。

沈秀雯讲得半吞半吐，她担心我嫉妒她。在我们的友谊中，我一贯占着上风。我比沈秀雯漂亮，比沈秀雯聪明，比沈秀雯更有决断力，甚至更讨男人的欢心。但是现在，沈秀雯将得到一个比我强得多的婚姻。这破坏了我们多年来的习惯。所以沈秀雯很怯场，打心底里觉得对不起我。她多虑了。从同意继续孕育孩子的时候起，朱燃已经认命。不论沈秀雯将嫁给怎样优秀的男人，都不会刺激到我。

然而我越往下听，越心惊胆战。

我不是嫉妒，而是恐慌。从沈秀雯叙述中，我鲜明地感受到了命运的压力。那席卷一切的风暴来临前的预兆。

时候终于到了。我战战兢兢地走过铁桥。沈秀雯小心地搀扶我，一路上体贴地问东问西。她不停地说着不着边际的废话，企图掩饰她的紧张。

她也感知到什么了吗？

会面约在靠近铁桥的咖啡馆。因为那是他们的初识之地。

沈秀雯羞涩地解释："他喜欢来这里喝咖啡，可以看得到铁桥。他特别喜欢那座桥。"

Chapter.03　似是故人来

我猛地止步。

"怎么了?"

我的脸色肯定煞白。

"啊,没什么。"我重新迈开步子。那一刻我什么都明白了。可我别无选择,只能前行。

我们走进咖啡馆。

"你好,我就是成墨缘。"

男人站起身,向我伸出手来。

要握手吗?我迟疑。他礼貌地微笑着,等待着。我看得很清楚,从那双深沉的眼睛里流露出一丝困惑。我也微笑,伸出手去。

怕什么,握个手而已。

"认识你很高兴,秀雯时时提起你。"

他拉开椅子照顾我坐下。沈秀雯说得没错,成墨缘风度绝佳,一举一动都讨人喜欢。我的意思是——讨我喜欢。

沈秀雯坐到他的身边,我像审判官似的坐在他俩对面。成墨缘好像有一点点紧张。沈秀雯倒彻底放松下来。她对成的依恋和信赖溢于言表,仿佛只要有他在身边,就寰宇升平了。

"我就是朱燃。"我对他说。

"知道。秀雯早就介绍过,你是她最好的朋友。"成墨缘微笑的时候,眼角的皱纹很明显。沈秀雯说他四十五岁,那么他的外貌和年龄很相称。呵,我不是说他显老,而是他的体态、相貌、言谈、举止,所有这一切都搭配得恰到好处。四十五岁的成墨缘,把男人的成熟诠释得太完美,他的魅力无法形容。

他的魅力根本不是沈秀雯之流能够领略的。

"你和我想象的不太一样。"他主动与我攀谈。

"是么?"

"听秀雯的描述,还有你的名字,我把你联想成一个外向的人。"

"外向?"

"我的意思是说,主动型的……啊不,请原谅我的中文。"他笑着摇头,"你的名字很特别。燃,这个字听上去很热烈,充满力量。"

我看着听着,他的每一个表情,每一句话都在我心中掀起惊涛骇浪。我是有力量,但我全部的力量都用来克制自己,我再无力气与他对答。

沈秀雯插嘴:"墨缘,你是不知道,自从怀孕以后,朱燃就变得安静多了。真的,都说女人当了妈妈就会彻底改变。我现在算信了。"她紧紧地依偎在他的身边。假如没有我在面前,她肯定会扑进他的怀抱里。我能想象那种温暖。就在刚才,仅仅一握手的瞬间,那份充沛的安全感就涌入我的掌中。

我心凄凉。

朱燃就要当妈妈了。沈秀雯真能点醒人。

"你的名字也很特别。"

"哦?"他正在给我倒茶,稍扬一扬眉。

"墨缘,很有意境。成先生必定出身书香人家吧?墨缘,是指与文墨有缘,还是因文墨结缘呢?"

Chapter.03　似是故人来

"我的父母都是生意人。这个文绉绉的名字，大约是他们请有学问的朋友起的。具体含义嘛，我从没问过。"

"我倒很好奇，成先生有机会问一问吧。"

他很平静地回答："我的父母都已过世多年了。"

"对不起。"

"没关系。"

我们继续喝茶、咖啡，闲聊。气氛却变了。成墨缘对我彬彬有礼，却再没有"主动地"与我交谈。换句话说，他和我拉开了距离。

不知何时我已得罪了成墨缘，或是引起了他的警惕。

会面结束时，一个计划最终在我心中成形。沈秀雯和成墨缘不可以有未来，否则这一生我都要在他们面前伪装自己，压抑自己。

我已经活得太委屈，怎可再雪上加霜。

况且我有充足的理由。我是为了拯救好友，不要落入别有用心者的圈套。

我成功地实施了计划。两周后，成墨缘离开上海，从此音讯杳然。他走了一个月之后，沈秀雯割腕自杀，又被救活。整整半年里，沈秀雯活得如同行尸走肉一般。就是从那时起，她开始无节制地吃喝，滥用药物，随之迅速发胖，容貌尽毁。此后虽然重新振作起来，并创立了自己的事业，但我们都明白，那只是可悲的移情。沈秀雯已彻彻底底地失去了对生活的信心。

谁能想到，成墨缘又回来了。

整整十年已逝，他在此时出现，意味着什么？

我想起沈秀雯的话——他就是他，他是成墨缘。

她在指控我当年的行为。这些年来，沈秀雯对我的怀疑和痛恨，就像无时无刻不奔涌在地心深处的岩浆，随着成墨缘的突然出现，终于爆发出来。此时此刻，即使她举着刀来杀我，我也不会惊奇。

我强撑起剧痛的额头——因果报应终有时。到了这个地步，我反而平静下来。镜子都有两面。美与丑，善与恶，福与祸，总在悄然转换。

沈秀雯是再也指望不上了。这样也好，从此互不相欠。

怀旧区里游人渐渐多起来。露天圆桌一张接一张被客人占据。人人的脸上带着夸张的笑容，好像都活得很有意思。

快到放学时间了，我该去接小轩。

我对着后视镜理一理头发，又抹上口红，气色好看了很多。人生其实很简单。千千万万种打击和痛苦，只要一条理由就足够让你坚持下去。我发动车子，往小轩的学校开去。方向盘把得稳稳的。我是一个母亲。没得选择。

在校门口，我与简琳不期而遇。她是来接多多的。在等孩子们放学的几分钟里，我们随意交谈几句。

"朱燃，你们最近很忙啊？"简琳抱怨，"老顾天天早出晚归的，我连他的人影都见不着。"

"融资到了关键时刻。老顾很辛苦的。"

"也是……"她的目光在我脸上一个劲打转，"你的脸色也不

Chapter.03　似是故人来

好。唉，都别累垮了才好。工作要紧，身体更要紧啊。"

"没事。我和老顾都是劳碌命。再说忙在一起，也是开心的。"

我这样答着，眼看简琳的神色阴晴变换，心中泛起恶毒的满足感。人人打击我，偶尔我也可以打击别人。

其实毫无必要。

简琳说："也不会白忙。融资成功的话，朱燃，你可发财了。"

"发财？"

"是啊，听说老顾给了你许多股份。"

我警觉："是老顾告诉你的？"

简琳讪讪一笑："老顾哪里跟我谈公事？不过这种事情嘛，大家心里都清楚。景……呃，你是老顾的左膀右臂，他若亏待你，我也不会答应。"

我没有听过比这更言不由衷的话。

我做出一副光明正大的表情："公司设了股份池，高管人人有份。再说股份也不能随时折现，纸上富贵而已。"

"也是。生意上的事情我不懂。"

回家的路上小轩一直在滔滔不绝。重返学校似乎令他很兴奋。我除了感到欣慰之外，小轩说的什么一点儿都没听进去。

和简琳的交谈提醒了我。趁着融资尚未落定，我必须尽快逼顾风华答应兑现股份。一般情况下，我只有在公司被收购或者上市的时候，才可以抛出名下的股份。但我等不及了。我决定要求顾风华买下我手上的股份。在目前的形势下，我有和他讨价还价的筹码。

这些股份只要能换成现金，办移民肯定够了。

景雪平一定不想看到这个结果。

一抬头，他果然又坐在老位置上。背后是窗外的夜色，斑斓而凄迷。

我怒气冲冲地质问："简琳怎么知道股份的事情？是不是你也曾对她说过什么？景雪平，你还有哪些招数，不如统统使出来。"

他沉默。

我兀自喋喋不休："景雪平，我就要带着小轩离开了。无论你想怎么报复我，都不可能成功。你别想摧毁我。"

那双眼睛死死地瞪着我，像是要以目光为钉，将我钉死在墙上。

我悚然惊醒。猛一睁眼，那个身形便如水中倒影，瞬间破碎，消逝。房中只我一人。

奇怪，心中竟有一丝不舍。

过去看影视剧，总笑敌对双方在最后决战前说个不停，怎么也不肯干干脆脆地开打，即刻分出胜负。今天突然发觉，这或许是有道理的。

彼此间纠缠太深，无论爱或恨，到最后谁也离不开谁。毕竟，不管对方是敌是友，一旦失去了这个视你最重的人，生命中便只剩下寂寞了。

我心神不宁。

卢天敏的电话来了。真是神出鬼没。这家伙比任何神鬼还要飘逸。借用小轩的词汇，卢天敏就像活在异次元。

Chapter.03　似是故人来

"天敏，"我接起电话就说，"什么时候也给我开启时光隧道？"

"唔？"

我忙笑："没事，我瞎说的。"这个时候，只有卢天敏还能令我发自内心地笑出来。笑到一半，又觉得太不真实。

卢天敏懒洋洋地问："你还是不肯考虑第一个选项吗？"

"第一个选项？什么？"我认真思索，"是不是投资澳洲房产？"

那头传来一声轻轻的叹息。

"算了。"他低声说。

我的心里即刻涌起一股怅怅的感觉。披挂全身的盔甲装备纷纷脱落，太累了。就一小会儿，我想，就让我有这么一小会儿，不设防地裸呈自己，如同那些夜晚仰卧在他身下。至少，卢天敏不会伤害我，我坚信。

"朱燃，我已经整理了两个方案出来，马上发到你邮箱里。各有利弊，你按自己的心意选择吧。尽快做出决定，我就帮你办理。"

这番话说得太职业，和卢天敏平时的口吻迥异。我还真不太习惯。

"好。"我说，"谢谢你，天敏。我会尽快决定。"

"你要准备好一大笔钱。"

"多少？"

"第一个方案多点，第二个少点。但差别不大，至少五百万人民币吧。"

——五百万。

"行吗?"

"没问题。"我清一清嗓子,"你早给我打过招呼了,我心里有数。"

"那就好。我等你消息。"

"再见。"我说。

"再见。"

……电话并没有断,因为谁都不挂机。

"天敏?"

"朱燃小姐,很高兴能有机会为你服务。"

"你什么意思?"我皱眉。这家伙吃错药了,怎么突然阴阳怪气的?

"我没什么意思。"

"卢天敏!"我叫起来,"你把话讲讲清楚,我哪里得罪你了吗?"

他赌气似的沉默着,我听到他沉重的呼吸。真是又好气又好笑。

"没想到你那么有钱……"

我张大嘴,他就为了这个不高兴?

"你是富婆,我很不喜欢这点。我没钱,帮不上你的忙,我更讨厌这点。"卢天敏压低声音说话,又恢复了平日那种涩涩的腔调。极像撒娇的孩童。

我真的感动了:"谁说你帮不上忙的?傻瓜,你是对我帮助最大的人。"

"真的?"

Chapter.03　似是故人来

"真的。"

其实卢天敏已提供给我最方便的选项,只不过我没有接受。现在他发觉我有钱,进一步联想到我嫌他穷才拒绝他的求婚,自尊心大大地受损了。他身上有很天真的一面,但一点儿都不愚蠢。卢天敏只是活得太顺遂,无法理解我步步为营的人生。他好像每时每刻都在问:人有必要活得这么累吗?

所以,卢天敏不适合我。

我打开卢天敏发来的邮件,一条一条研究移民的预备条件,注意事项,准则……我一目十行,似乎都看完了,又好像什么都没理解。我无法控制心神的激荡。思绪在蓝天白云和大海间飞舞,拒绝返回大地,重拾千钧的负荷。

只需要五百万!我的脑子里反反复复就是这个数字。

我决定先给顾风华打个电话,探探他的口气。

他接起来:"朱燃,你总算想起我了。"听上去颇为不悦。

不怪他,最近我的心思完全没放在公司里。当然也不排除顾风华在扭捏作态,他常以这种先发制人的方式控制下属,仿佛你是天生欠他的。我不吃他这一套。

"老顾,梁宏志那边有什么动静吗?"

"这个啊……你等等,我去书房讲。"我听到他一路磕磕碰碰,想象着简琳坐在沙发上,对他侧目而视。简琳有一位在市里任要职的伯伯,当初顾风华就是因为这个和她结婚。这些年来顾风华好歹混成大半个成功人士,却没闹出过什么像样的绯闻,外人以为简琳御夫有术,其实是顾风华没这个胆子。

他的事业是一座岌岌可危的大厦,时刻离不开简琳娘家的支持。世人常觉得成功者可以随心所欲,其实他们的羁绊更多,更加身不由己。

简琳把我视为假想敌,是百无聊赖的消遣。顾风华还在某种程度上纵容她。这对夫妻令我打心底里感到厌恶。

"好了。"顾风华大概阖上了书房的门,"梁宏志这几天很沉闷,不知道在打什么鬼主意。"

"咱们把他吓住了?"

"但愿如此吧。"

我开门见山:"老顾,我最近急需用钱。我要求提前……"

没等说完,顾风华就打断我:"朱燃,我明白、我明白。只要融资落实,什么都好说。"

"我要立即兑现全部股份。"

"这……"

"融资一完成就要。"我才不管他为难不为难,"老顾,你要是有困难,融资的事我就不能全力以赴了。"

顾风华阴阴地说:"这是乘人之危吗?"

"你说我乘什么危?"我大怒,"顾风华,我去找梁宏志可是拼了性命的!假如纪春茂失踪真是梁宏志干的,那他就是个恶魔!什么事情干不出来!"

"也没那么严重吧。"

Chapter.03　似是故人来

"你自己为什么不去？"

"因为只有景雪平知道纪春茂失踪的真相，你去更有说服力啊。"顾风华干笑两声，"我躲在后面，咱们都有个退路。"

我沉默几秒："老顾，既然你是这个态度，不如我现在就撤出吧。"

"别啊！"顾风华夸张地叫起来，"你看看，就开个玩笑嘛。何必当真。"

"我要兑现股份。"我坚持。

顾风华咳嗽了好几声，终于答道："行吧。"

世道便是如此，只要你够狠，别人就低头。

我轻轻放开手机上的录音键。顾风华不是傻瓜，应该会兑现承诺。

他又怎肯轻易输了这一局？挂机前顾风华要求我，明天上午必须参加和投资方的洽谈。

他解释说，"明天他们的大老板要出场。"

"哦？"我想起白璐的那档子事，"此人声望赫赫，倒想见识见识。"

顾风华道："也许是我们误会了。据说之前人家不出面，一则时机未成熟；二则因为身体不好。总而言之，明天上午的会晤极为关键，要尽量给对方留下好印象。最后关头了，主观判断的成分往往起决定作用。"听上去，他还在为我阻止白璐"献身"而耿耿于怀。

"好在之前的审查均已通过，现在无非是讨价还价。"

我故意说:"讨价还价你在行。"

顾风华笑了几声,挂断电话。

一个风传为老色魔的富豪,何惧之有。我踌躇满志地想,任何人都不能阻碍我奔向新生活。我以为这一夜会睡得很安稳,然而事与愿违。

又是那座铁桥。暗夜星光,撒在曲折蜿蜒的河面上。上锁的铁门不知何时打开,有人在桥头等待。我奔过去。

是卢天敏。他无邪的笑脸在月光下格外明朗,宛如一览无余的美景。

"朱燃,"他向我招手呢,"快来,我带你去新世界。"

我像穿上水晶鞋的辛德瑞拉,一身轻盈。我简直是飞上了桥头。

咦,卢天敏不见了?

就在原先他站立的地方,换成了另外一个身影。

我的心沉下来,又莫名的安宁。仿佛期盼了太久的时刻终于到来。兴奋感消失了。只有一步一步,缓缓地、沉着地走过去。

成墨缘仍是今晨我在细雨中见到的打扮。长风衣,腰间束带。看见我,他把双手从衣袋中取出,向我微笑。

我努力镇静自己,等着眼眶间的湿意散去,方才走上前:"你终于来了。"

他把手放在我的肩上。

我说:"我等了很久。"

他凝视我:"但愿现在还不算晚。"

Chapter.03　似是故人来

"不晚。"我再也忍不住哽咽。低下头,把脸埋到他的胸前。顺势展开双臂,紧紧地环绕他的腰。无可名状的温暖,仿佛一生就此安乐。

我闭上眼睛……

"终归还是晚了。"

浑身的血骤然凝冻——谁?

我抬起头。景雪平!怎么是他?怎么是他!

我用力甩开双臂,向后连退几步。后背已经抵到栏杆上,铁的冰冷直刺皮肤。

景雪平看着我,慢慢咧开嘴。他居然在笑!

我从没见过这样恐怖的笑。他的嘴越裂越大,黑黢黢地变成无底深渊,要将我吸入。

"来吧,这里才是你的新世界……"从深渊里发出含糊的声音,震耳欲聋。

我惊恐万状地狂喊,拼命抵抗那股强悍的吸力。铁桥在我脚下剧烈摇晃,发出巨响。景雪平的躯体突然爆裂开,碎片迸射到空中,又燃烧着落下。铁桥的尽头,那片荒地上的杂草被点燃了,熊熊的火焰很快就卷上铁桥。我已走投无路。

只有桥下,一泓深邃的黑色河水尚未被火淹没。我绝望地嘶吼一声,纵身跃出。

……我醒来了,全身被冷汗浸透。

噩梦中的场景依旧鲜明,漆黑的室内处处跳动着火红的影子。

我挣扎着扭亮台灯，靠在枕上喘息。好久好久，都无法完全平息下来。

再这样下去，用不了多久我就会精神崩溃的。

我的心被最深刻的悲哀攥紧。新生，好像就在眼前，但又仿佛永难企及。有关景雪平的噩梦，我已做过太多回。过去每一次，我都会在醒来时为自己打气。我坚信终有一天，我能打败他，能够摆脱他的控制。但是这次不同——这次的梦中，有成墨缘。

是因为晨雨中的相逢吗？日有所思，夜有所梦。我不也梦见了卢天敏？或许我可以这样安慰自己。可是我心里再明白不过，成墨缘是不一样的。成墨缘是我的宿命。就像沉没在冰海底部的泰坦尼克号，能把它打捞出来的唯有上帝。我有信心对抗景雪平，但我无能对抗命运。

清晨四时。在黎明之前最深沉的黑暗中，我流着泪向上帝乞求，请给我和我的儿子一线生机。

天亮了。

我照例送小轩去学校，然后驱车拐上高架。十点之前要赶到外滩的一处顶级会所，和神秘的投资方大老板的会晤就安排在那里。沿途通畅，我早到了半小时。接受了一番详尽的盘查之后，我才被允许将车停进地下车库。或许是时间尚早，地下车库里空空荡荡的。我把我的奥迪车停好，走下来。远远看见车库的尽头处，预留出来的VIP位置里，孤零零地停着一辆黑色的劳斯莱斯。

心念一动，我慢慢走近那里。眼光则搜寻着周围的停车位。并

Chapter.03　似是故人来

没有白色的保时捷。我悄悄地松了口气，命令自己别再胡思乱想。

搭电梯到大堂，电梯门一开，我就看见了白璐。

有几天没见到白璐了，她的身上似乎发生了什么微妙的变化。白衬衣、黑长裙。一如既往的朴素打扮。毫不惹眼，但原先那种隐约的性感突然变得透彻起来。她静静地站在大堂的一隅，阳光从头顶洒下全身，看起来就像披着羽翼的精灵。

她也看见了我，快步朝我走过来。"朱总。"

我老实不客气，"白璐？你怎么在这里？"

白璐的脸刷地红了，踟蹰不语。似乎被问懵了。

不是我待人苛刻。前几天这姑娘还在我面前可怜兮兮，淌眼抹泪地要我帮她抵抗"潜规则"，今天却花枝招展地出现在这里。算什么意思？想来无非是顾风华贼心不死，还想利用白璐来碰碰运气。但她本人又何以来这么个一百八十度的大转折？终究还是利诱起作用了吧。

我想挖苦她几句，转头看见顾风华走出电梯，便把白璐甩下。

"今天就我们几个？"

顾风华看见我和白璐，仿佛也愣了愣。还没来得及回答，MIT博士宋乔西出现了。

出乎意料。宋乔西径直来到我的面前："朱燃小姐，老板邀您单独见面。"

"我？"

"是的，请您上楼。"说着，他又沉稳地向顾风华点点头，"您跟我先开个小会,还有几个问题需要澄清。"

根本不容我们反应过来,顾风华已被宋乔西带往另一个方向。而我,则在会所经理的引导下上了电梯。电梯直达顶层。

直到进入那间宽大的会客室,我的头脑始终一片空白。思维能力被悉数抽空了,只剩下越来越清晰的直觉。

与整座会所弥漫的奢侈气氛不同,这间会客室里的装修十分简单。然则高贵。房间里没人,我自己坐到沙发上。手抚上丝绒的面子,触感细腻得仿佛能渗透进心灵。周围安静极了,没有一丝声响。

有人来了。我抬起头。

是他——我早就知道了,不是吗?

成墨缘在我对面坐下来,放松地往后靠。他静静地端详了我好一会儿。我也看着他。他老了,确确实实老了许多。昨天早晨我没来得及看仔细。十年的光阴写在他的脸上,因为气色不佳,看起来比实际年龄似乎还苍老些。眼角的那两丛皱纹倒是没有变化。但……依旧是相当漂亮的。

至少对我来讲,成墨缘是我一生所见的最英俊的男人,即使在今天也还是。

"你好,"他终于开口了,"我们昨天已经见过。"

"是的,你好。"

"我竟不知道,贵公司在怀旧区还有业务。"

"没有,昨天我说谎了。"

"哦?"他盯着我,但是眼神很温和。他既不追问,我也不打算

Chapter.03　似是故人来

解释。

接着他又沉默良久。

窗上起码安了两层隔音玻璃。一旦无人讲话,这间屋子就安静得像陷落在深山幽谷中。房间里的空气也像在幽谷中流动,清冽而隽永。我不再看成墨缘,不是不敢,而是不忍。因为我想起了沈秀雯,难以避免,终归还是要想到她。沈秀雯发誓不与成墨缘再见。她或许有道理。

"朱燃。"

成墨缘在叫我的名字。我抬头,只见他的目光炯炯。

"之前注意到这个名字,"成墨缘说,"总觉得似曾相识。直到昨天早晨从铁桥回来,我又翻了翻材料,才恍然大悟。真不敢相信,一晃十年过去了。"

十年。

我勉强对他笑一笑。

"我很好奇,"成墨缘也笑了,"你经常去铁桥那里吗?还是纯粹巧合?"

"不,我几乎从不去那里。"

"哦……那就真的太巧了。"

并非巧合。

这是绝佳的机会,我可以向他提起沈秀雯。我应该告诉他,这些天她像疯子一样日夜追随他的踪迹。但我已下定决心,只要成墨缘不主动问起,我就什么都不说。

我只答:"是的,太巧了。"

成墨缘看着我。从开始到现在他的视线就没有离开过我的脸。若是换作别人这样看我,我肯定感到受冒犯,但是他不同。成墨缘的眼神平和,带着些困惑,还有许多沧桑。

我的心中百感交集。

"那么你呢?"他又开始说话,"你是昨天就认出我了吗?"

我向他微笑,不回答。

"嗯,你肯定从我的部下那里听到过我的名字。"

"没有,"这我可得澄清,"他们只说老板是位成先生。呵,我一直以为是耳东陈。那个更常见的姓氏。"

"可你今天一点儿不显得惊奇?"

"不,我不惊奇。"

"为什么?"

"我觉得……是你才好。"我停了停,补充说,"我情愿如此。"

成墨缘的脸上掠过一丝诧异,随即微笑。而我的脸红了。

"请原谅我这样讲,"他说,"朱小姐,你看起来比十年前更加年轻、更加美丽。我很高兴能再见到你。"

"我也很高兴。"

尽管我每一句话都说得战战兢兢,尽管我无法确定对方到底是凶是吉,我还是由衷地这样讲。我记得当年他对我的戒备,但那毕竟是十年前的事了。十年,可以改变的太多太多。

"十年了。"成墨缘又叹了一遍,声音越发温柔,"朱小姐,你的

Chapter.03 似是故人来

孩子很大了吧?"

"儿子,刚过十岁生日。"

"啊,恭喜……所以我也该老了。"

我注视他。

疲倦从他的笑容底下一层一层泛出来,再也掩盖不住了。成墨缘终于问出口:"沈小姐的孩子也不小了吧?"

我平静地回答:"不,她没有孩子。"

他没有问下去。

"非常抱歉,我还有些事要处理。"成墨缘突然说,"朱小姐,我真的非常高兴见到你,希望很快有机会再与你叙旧。"他站起来,我只得跟上。成墨缘送我到电梯边,递过一张卡片:"有空请务必与我联络。"

我们的会面就这样戛然而止。

电梯到底层,一脚踏出去,我像从天上返回人间。

从梦幻回到现实。

迎面即是顾风华土灰色的脸。"朱燃!"他下大力抓住我的胳膊,痛得我直皱眉。

"你见到他了?他跟你说了什么?"他不顾一切地大声问话。

"你干什么!"我扯落他的手。环顾四周,几名衣冠楚楚的会所人员正在朝我们走过来。顾风华的脸色转青。他故作姿态地频频点头,随即将我拖进近旁的一扇门里。

是个会议室。长长的会议桌摆在屋子中央,只在最里头有两个人。一个是白璐，面无人色地靠在墙边。另一个伏在桌上。我看见满头黑白夹杂，如同乱草般披散的头发——梁宏志！

我的心狂跳起来。除了梁宏志，周围再没有外形如此污秽不堪的人。

顾风华颓然倒在椅子上："完了，朱燃，我们完了。"

我瞪着他。"发生了什么事？"

顾风华揪扯起自己的头发，没几下就和倒伏的梁宏志成了同样发型。

"他们说要澄清几个问题，和我在这里开会。可是，居然、居然把他也弄来了！"顾风华指着梁宏志，"让我和他当面对质。这招也太阴损了！"

"他们要澄清什么？"

"无非就是那些财务数据。问不倒我的！可是他……"顾风华一拳捶在桌上，"他满口胡言乱语，完全不知所云。他破坏了全局！"

"你为什么不坚持梁只负责产品，财务的东西他不懂。"

从桌子那头传来梁宏志刺耳的笑声："我懂，谁说我不懂！哈哈，纪春茂天天和我在一起，我们每晚都喝酒打牌。还有景雪平陪着……神仙一样的日子。我现在是财务专家！兼产品专家！"

顾风华与我面面相觑，冷汗湿透我的全身。

梁宏志还在那里手舞足蹈："别担心，有我在就万事大吉了！我们的财务一流，我们的产品超一流！哈哈哈，他们不给我们投资给谁投资！"他大笑得口角流沫，突然头一歪栽下去。

Chapter.03　似是故人来

顾风华霍地从椅子上跳起来,却犹豫着不敢上前。只是指着离梁宏志最近的白璐:"你看看他、他怎么回事?"

我自己的四肢也像冻住了似的,动弹不得。眼睁睁看着白璐一边哆嗦,一边去搬梁宏志的头。那一瞬间我从心底叹服。这女孩真不简单。

白璐查看着梁宏志,说:"他好像……吃了什么药。"她又把梁宏志的脑袋搁在椅背上,才厌恶地扭过脸去,"我以前见过类似的情形,可能是致幻剂……"

顾风华再次颓唐地坐下,哀叹着:"朱燃,你看看,你看看……这融资还怎么谈下去!"

我咬牙:"一个梁宏志有什么大不了,最多说他精神有毛病。"

"可是他口口声声纪春茂……"

我闭上眼睛,又睁开。眼前全是一重一重的黑影。

顾风华喃喃地说:"本来成功在望的事情,无非讨价还价。怎么给我来这一手?什么意思,究竟是什么意思……朱燃!"他突然大叫一声,"你今天见到成墨缘了?他有没有透露点讯息?他到底打算怎么样啊?"

啊,成墨缘。我居然到这时才醒悟过来,他正是这项融资的关键人物,他的手中掌握着我们的生杀大权。

顾风华还在追问:"朱燃,你快说啊。你到底见到他没有?"

"见到了。"我恍惚地回答,"成墨缘。"

"是是。他和你说了些什么?他为什么要单独约见你?"

"为什么……"

"快说呀！"

我的神志终于又聚合起来。我看着顾风华的眼睛，说："很多年前我就认识他，只是长久没有联系了。他从材料上看到我的名字，今天是特意找我叙旧的。"

顾风华瞪大双眼："叙旧？仅仅是叙旧？"

"仅仅是叙旧。"

各种表情在顾风华的脸上交替，最后凝固成一种下流的兴奋。

"他有没有再约你？"

他问得再直白没有。那副迫不及待的姿态令我无比心寒。

我疲惫地说："他给了我电话号码，让我有空联络。"

"那就好！那就好！"顾风华一扫刚才的颓势，"这就还有戏，大大的有戏！"

他握住我的肩膀，亲热地晃一晃："朱燃，你是我的福星。看来融资终归还是要靠你啊，呵呵。"

我掉转目光，不愿搭理他。

顾风华倒不介意，反而兴冲冲地一跃而起。

"那就这么办。咱俩分头行动。我来摆平梁宏志，绝对不让他再生事。至于成墨缘那边，"他向我挤挤眼睛，"就看你的了。"

我差点儿呕出来。

顾风华劲头十足。一个人扛起梁宏志，扔进自己的奔驰车飞驰而去。白璐来到我面前。

Chapter.03　似是故人来

"回家吧。"我虚弱地说。为什么我每一天都在走钢丝,何时才能熬到头。

白璐一路欲言又止的样子,我索性帮她:"有什么话就说吧。"

我以为她会问有关成墨缘的问题。哪怕仅仅是好奇,都可以理解。

白璐问:"朱总,梁宏志今天提到的纪春茂是谁?"

"'守梦人'的另一位创始人。"我乏力地说。

她看我一眼。

"纪春茂已经失踪三年多了。"我又说。

"可是,"白璐似在斟酌词句,"梁宏志说每天都与他在一起。"

"疯话吧!"我不耐烦起来,"梁宏志疯了,你自己不也说他吃了药。"

"可会不会?"

"会不会什么?"

"纪春茂确实还在……"

我瞪了白璐好一会儿,笑起来:"真可怕,每个卷进这事的人都会发痴。白璐,你或许应该考虑换份工作了。"

她面红耳赤,剩下的路程里再没有吱声。

而我在认真思索——最后的退路。

顾风华完全错估了形势,他以为能通过我抓住成墨缘这根救命稻草,殊不知成墨缘才真的是灭顶之灾。成墨缘尚未见过沈秀雯,所以才对我友好。他也还不知道我曾经对他和沈秀雯所做的一切。

如果他知道……我没有勇气想下去。我决不能把未来赌在成墨缘身上。

我更不会告诉顾风华，经过今天上午的会面，我已对融资成功不抱任何希望。

在离家最近的地铁站，我让白璐下了车。明天是周六，我问她是否有约。

"没有。"她看上去不太自在。

我笑笑："有没有兴趣陪我走一趟？我要去办些事情。"

她疑惑地看着我。

我说："明天早上9点，从我家出发。"

"好的。"她答。

等白璐的身影消失在地铁口，我把车停进一旁的空地里。地铁口两侧开着连排的房产中介公司，做的都是附近楼盘的生意。我走进其中的一家。

坐在门口的青年见有生意上门，赶紧起身打招呼："小姐，想看房子吗？"

我朝内侧的小间望过去。

经理室的门豁然洞开，一人急匆匆向我走来："朱小姐，你好。"

"张经理，你好。"

张经理红润的圆脸上堆满了笑容："朱小姐，您前段时间来挂牌的房子，好几个客户都非常有兴趣啊。您看是不是可以往下操作了？"

Chapter.03 　似是故人来

我突然不知该如何回答。刚刚坚定的信心全部堵在胸口。

张经理察言观色，请我进经理室坐下。

"朱小姐，我这边的几个客户都相当有诚意。价格方面我会尽量为您争取，肯定能超出您的心理值。现在只要您的意思明确了，我就立刻开始行动。"镜片后的两只小眼睛滴溜溜地转。如同这经济社会生生不息的原动力。

我狠一狠心："到手八百万，一周内付清。"

"这……可就办不了贷款了。"

"我不管什么贷不贷款，"我说，"除非满足这个条件，否则我不卖。"

"好，好。"张经理连连点头，"我立刻和客户沟通。那几位都是有身家的，只要真心喜欢这套房子，拿八百万现金出来不是问题。"

呵，八百万现金不是问题。

还没到接小轩的时间。我去小区的草坪上散会儿步。草坪很大，有人遛狗，有人荡秋千，有人推着婴儿晒太阳。风较前些日子又凉了些，我把围巾系系紧。

站在草坪中央，江风拂面，还能听到不远处江面上的汽笛声。刚刚拥有这套物业时的喜悦和骄傲，尚且清晰如昨。今天，我就要失去它了。

人生中的每次拥有都要付出不尽的心血，失去却这样容易。生不带来死不带去，大道理人人脱口而出，事到临头谁又能真的洒脱？

值得的，我告诉自己。为了新世界，总要付出代价。

可为什么，我的心中依旧悲凉？

手机在衣袋里震动。卢天敏发来的短信："已回上海。"好吧，我对自己笑一笑。无论怎样，没有退路便是最好的出路。我只能前行。

我回他："钱最快十天内到位，其他的手续先办起来吧。"

过了好一会儿，才收到回信："好。"

这家伙。突然和我公事公办起来。我不怪他，对卢天敏我似有用不完的宽容。

我从包中取出成墨缘的卡片，考虑该如何处置它。有三个选择：交给沈秀雯，自己保留，或者撕掉。怎样都难以抉择。最后我叹口气，还是把卡片收回包里。最难的事就放在最后做吧。

又一阵风起，从树上飘下几片黄叶，落在我的脚边。我绕过去，更多的黄叶在身后飘落。是老天爷在撕日历纸，一口气把许多日子都撕掉了。

我去学校接回小轩。明天是周末，小轩兴冲冲地问我去不去公园玩。让他失望了，明天我有要紧的安排。

"那么，可以让秀雯阿姨带我去玩吗？"小轩提议。

也难怪，沈秀雯的老姑婆脾气从来不用在小轩身上。她对小轩是真心疼爱的，甚至夸张到我担心她会把小轩宠坏。对沈秀雯我毕竟怀有内疚，所以放任她在小轩身上寄托感情。小轩也和沈秀雯格外亲。

我只好骗他："秀雯阿姨不在上海。"

Chapter.03　似是故人来

小轩转动着眼珠，摆明了不相信我："上次秀雯阿姨来，还说春节前都在上海呢。"他凑到我的面孔旁，"妈妈，你是不是和秀雯阿姨吵架了？"

"是吵了啊。"这种时候还扮幽默，我怀疑自己患上了强迫症。"妈妈和秀雯阿姨吵架，你帮谁？"

"谁有道理就帮谁！"他嚷着冲进自己的房间。

我叹着气给简琳去电话，好一番虚与委蛇，总算在词穷之前和她达成协议，明天由简琳带多多和小轩去公园。

"你们都忙，我只好管管孩子。"简琳的怨妇口吻越来越重。我估计她时刻都会撕破脸皮。管不了那么多了，最多再坚持一两个月。

我会撑到那一天的，一定能。

可是我的磨难似乎无止无尽。

厨房里传来"哗啦啦"的巨响。我奔过去一看，碗碟碎片洒了一地。红妹站在旁边傻了眼。

"你怎么回事？！"我气极，"越来越笨手笨脚。简直不能用了！"

红妹"哇"地大哭起来。

小轩也挤进来，我朝他吼："出去！"靠在墙上，好一阵天旋地转。本来就拼力维持着的那一线理智，原来如此脆弱，任何风吹草动都能摧垮。

我努力调节呼吸，好不容易才平静下来。红妹还在号啕。我尽量好声好气地对她说："别哭了，小事而已。你把这里好好收拾干净，别留了碎屑在地上。以后小心些。今晚我就带小轩出去吃饭吧。"

"太太、太太……"红妹哽咽着。

我抚了抚她的肩膀。还不到时候,过几天再告诉她我们要离开的消息。我想,红妹应该不难找到下家。本小区里就有不少机会。我甚至可以帮她推荐。

红妹抓住我的衣袖:"太太,我、我想辞工。"

什么?

我吃惊,难道红妹猜出了我的动向?不可能啊,她那么迟钝……

"红妹,你想多了。"我安慰她,"说什么辞工,没么严重的。"

"不是……是我、我自己想辞。"

我更加吃惊。我这棵树还没倒呢,猢狲就要散了?"可是为什么呢?红妹,你在我这里一直做得好好的。是想加工钱吗?"

"不是不是!"红妹拼命摇头,"太太,我真的做不下去了。我想走,让我走吧,太太!"

她声泪俱下地恳求我。天要塌下来一般。惊慌失措。仿佛我若拒绝她,她就活不下去了。

真有这么严重?

我再次发问:"红妹,有话好好说。有什么问题能告诉我吗?好歹也相处两年多,我会帮你想的。"

她改作捂着嘴痛哭,还一个劲摇头。我了解红妹,她的头脑相当简单,缺乏想象力。如果没有猜错的话,红妹有现在的表现,应当是受了什么人的影响。

什么人呢？我头痛欲裂，无法再做任何思考。红妹的事我不想管，也管不了。

我说："好吧，你不想讲我也不逼你。红妹，你要走可以，不过咱们好聚好散，你也体谅我一下。再做两个月，好不好？两个月以后我肯定放你走。"

红妹瞪着红肿的眼睛看我。

其实两个月我也多说了。按卢天敏对我的承诺，只要钱到位，他将帮我在一个月内把必需的手续办好。其他事情可以出去了以后再慢慢办。卢天敏是这样讲的，我相信他。

我迫不及待地想离开，真是度日如年。

"那就这么说定了。"

"太太，我……"

"好了。"我已失去耐心，直接打断她的话，"最后这两个月，我会给你工资翻倍。离开时还有大红包拿。"我勉强笑一笑，"红妹，今后你会知道，我是个不错的东家。"

红妹张口结舌。她粗浅的智力完全不够应付现在的场面。

我带上小轩出门。

粤菜馆，吃海鲜和茶点。小轩照例兴趣缺缺。你要是问他意见，答案永远是麦记和肯记两位好兄弟。我不满足他，他就给我脸色看。

我们母子俩不出声地吃这顿晚饭，别别扭扭的。旁边桌上，一个小女孩和小轩差不多年纪，被父母和祖父母四人簇拥着。她说的每一句话做的每一个动作,都引来周边大人喜悦的骚动。

小轩却一直沉默,他沉默得像个沧桑的中年人。

我必须说些什么,否则肯定会窒息。

我说:"小轩,我们很快将离开上海。"

小轩抬起头,眼睛黑得透亮。

我有点慌乱:"唔,我是说,妈妈带着你去另外一个地方生活。"

"哪里?"

"澳大利亚。"

小轩一脸木然。

"我们将住在海边的大房子里,你每天都可以去海滩玩,还可以养小狗仔,你不是一直想要一只小狗仔?"我越说越窘,"……还有,可以常常吃汉堡和炸鸡。"

"我不去。"

我愣了愣。

"我不去。"小轩板着脸。

隔壁的女孩大概说了句有趣的话,满桌大人笑得前仰后合。

我问小轩:"为什么?"

"不为什么。"

他低垂着头,手指拨弄筷子。隔桌又在哄堂大笑。我迷茫地看他们,世上真有那么多乐事?

"好吧,小轩。"我说,"你可以留下。"

他抬头了。

Chapter.03　似是故人来

"但是妈妈必须走。你要是不想走，就自己一个人留下吧。"

"妈妈！"

"怎么样？就这么说定了？"

"妈妈……"已经带了哭音。到底是小孩子。

我温柔地说："小轩，跟妈妈一起去吧。你会喜欢那里的，唔，如果不喜欢，我们还回来。"

"真的？"

"真的。"

研究报告说人生来就会说谎。但我还是觉得，人是在不断被骗的过程中逐渐学会撒谎的。直到有一天，谎言成为习惯，生命中再无可信之事。一切终归虚妄。父母，便是这套谎言教育最初的执行人。

"可是，"小轩不肯罢休，"妈妈，你为什么一定要走呢？"

"我？"

"嗯，那里谁都不认识啊。没有多多，没有秀雯阿姨，没有……"小轩没说出口的那个人，躲在无声的暗处冷笑。

我想解释一番，谁知还没开口，眼泪却夺眶而出。

小轩从对面的椅子上跳起来，扎进我的怀里。曾几何时起，我竟只能在儿子面前哭泣了。也只有儿子给予我安慰。

"妈妈妈妈，不要哭了。我去，我跟你去……"

我们相互依偎着坐了好久，看着听着临桌一阵阵的欢笑。

我对此地的生活再无半点留恋。

回去的路上,小轩突然说:"妈妈,我知道红妹为什么要辞工。"

"哦?"

"她偷偷告诉我,她遇到鬼了。"

我踩了急刹车,差点儿闯过红灯。

"她说什么?鬼?"

"她一个人在家的时候,老是会接到鬼打来的电话。红妹吓破了胆。"

我疑惑:"可她从没跟我说过?"

"鬼不许她说啊。"小轩一本正经地说,"那鬼很有神通的,只要我跟妈妈在家,鬼就不打电话来了。"

打电话的鬼?笑话。我不想再继续这个话题。就算全天下的人都发了疯,我还得保持清醒,起码——要清醒地带小轩脱离这个魑魅魍魉横行之地。

Chapter.03　似是故人来

Chapter. **04**
登上回忆的岛屿

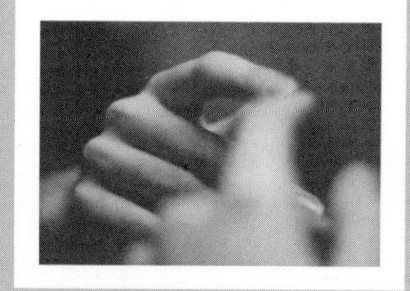

周六，从北方来的冷空气夹带许多尘霾，全部堆在半空，连阳光都刺不透。但依旧算是个晴天。

红妹说发烧了，告病躺倒在床上，干脆连早餐也不做了。我自己下厨煎鸡蛋和培根，做了三明治给小轩吃。从餐厅到客厅，到处是咖啡和烤面包的香气。我喜欢西式早餐，景雪平从来吃不惯。

景雪平——到底死了吗？

世上不会有人比我更清楚答案。因为我是他的妻子。曾经的。我与景雪平死死纠缠了二十来年，人生中最有价值的半世，我们耗费在彼此身上。他是生或死，我怎可能不知道？

只是，今天我要给自己一个交代。

九点刚到，白璐就来按门铃。我嘱咐小轩自己去多多家，便和白璐出发了。

到车库里取车，白璐自如地坐上驾驶席，俨然成了我的专职司机。

她启动车子，我从侧面打量她。一定有不同寻常的事情发生在她的身上，白璐正以日日更新的速度脱颖而出。那份光彩耀人眼目。满天阴霾都遮不住。

Chapter.04　登上回忆的岛屿

奇怪的是,她在表面上还小心翼翼地维持着原貌,似乎生怕被人识破。

我的心猛一激荡——不是没见过先例的。

"朱总,我们去哪里?"

我说出一个地址。

"医院?"白璐有些紧张,"你病了吗?"

"没事,去看望一位老朋友。"

白璐点点头,专心开车,不再讲话。即便要闲聊,她也等我先开口。这女孩,过去的生命中究竟遇到过什么事什么人,才练就与年龄不相称的成熟?

我真为她不值。刚二十出头就处处忍耐,如果得寿八十的话,就得忍足一个甲子。这样活着有什么意思?

不过话说回来,怎样活着才算有意思呢?

我问她:"白璐,你理想的生活是怎样的?"

"我?"她吓了一跳的样子。

"是,问你。"

"我……没想过。"

好吧,我换个问法。

"那么,你理想中的爱情是怎样的?"我说,"别回答我你没想过,除非你不承认自己是女人。"

"……"

"或者来做选择题,"这次我绝不放过她,"一头是容易把握的现实之爱；一头是完美却缥缈的梦幻之爱。你更看重哪样？梦幻与现实合二为一当然最好，但可遇而不可求，必须有所取舍。"

"即使得到也会失去。"她打断我。

"什么？"

"越是珍视的，失去时越痛苦。所以不如不要。"

"这么悲观？"我吃惊，没有意识到白璐已悄悄转换话题。

"因为我目睹过……"她的声音变得低沉，"所以不敢想象自己也有类似经历。"

我不便继续追问了。

良久，我说："有过，即使最终失去，才不致白活一场。这是我的主张。光消极逃避没有用，因为不甘心，早晚还是会陷进去。"

白璐侧过脸来，对我笑笑。年轻真好，怎么看都美。

她说："我会记住您的话。"

医院到了。因为事先已联络过，我们直接进到内科主任室。

丁嘉行主任医师从桌边站起来，笑容可掬地向我伸出手："朱燃，好久不见。"

"好久不见。"

丁嘉行是我老家的邻居，我们一起长大，各自成家后都还保持不错的关系。有个医生朋友真是莫大的便利。曾经我的任何健康问题都托付丁医生，直到三年前。

那一次丁嘉行突然致电给我，说景雪平到他这里看病。情况不太妙，丁在电话里对我说，需要和我详谈治疗方案。

Chapter.04 登上回忆的岛屿

"老丁，"记得当时我这样说，"景雪平已经和我分手了。他没有告诉你吗？"

丁嘉行支吾起来："知道，知道。不过我想……碰到这种大事，总还是该和你商量。他身边也没有其他可靠的人。"

"他还有老娘。"

我挂了电话。

之后丁嘉行便与我逐渐疏远。在我，是不想和他谈及景雪平；在他，则像对我产生了成见。尤其让我想不通的是，丁嘉行本来是我的老友，何以偏向景雪平。再之后景雪平去世，我在追悼会上远远看见丁嘉行的身影。从那时起我们再没有联络过。

今天，在景雪平死后整整一年，我来向老丁了解他患病的内情。

丁嘉行拿出一沓资料。

"病历我都复印了，全在这里。"

"谢谢，这些我会慢慢看。"我说，"你能将重点说明一下吗？"

老丁叹了口气："朱燃，人都已经没了。现在多说无益。"

弦外之音：当初你不关心，如今来什么马后炮。我权当听不出他的意思："老丁，请说。"

丁嘉行又叹一口气："其实我最想不通的一点是，景雪平本不必死。"

我看着他。

"景雪平到我这里来时，肝硬化已经相当严重，但并非不治。我向他建议的方案，也是唯一能救命的方案，是做肝脏移植。"

我仍然看着他。

丁嘉行被我盯得有些不自然，摸一摸鼻子："唔，那次我给你打电话，就是想和你讨论肝移植的事。"

"为什么要和我讨论？"

"因为景雪平不同意移植，嫌费用太高。我觉得实在可惜，所以才想到找你。"

"移植需要多少钱？"

"手术费全额大约七十万，后续治疗再有个十来万。到顶八十万吧。我有把握让他恢复正常人的生活。不出意外的话，再活个几十年也没问题。"

"八十万？"我真的诧异了，"他不同意吗？"

"他说没有钱。"

我喃喃："怎么可能？"

"他有钱吗？"

"当然。"我茫然地回答，"和我离婚时，景雪平拿走了我们夫妻全部的共同存款。这笔钱不多才十来万。但是我们的房子也归他了。虽然算不上豪宅，地段还不错，至少能值个三百万。"

"那就说不通了。我还以为钱都在你……"

"不。"我断然否认，"钱和房子都在景雪平手上。是他自己要钱不要命。"

"也许是舍不得卖房子？"

"人都没了，要房子何用。"

Chapter.04　登上回忆的岛屿

丁嘉行夸张地摇晃脑袋:"不能理解。不能理解。"

我也不能理解。景雪平留着钱和房子干什么?倪双霞自己在郊县有老屋住,也有退休金供生活,根本不需要额外的钱和房产。吃喝嫖赌毒,景雪平一样不沾。他是我认识的最规矩的男人。规矩到毫无生趣。

除非——女人?

我自己先啼笑皆非。怎么可能……

啊,不。我灵光一现!那个深夜,年轻女子打来的神秘电话,说景雪平欲见我最后一面……我激动地大声问:"老丁,景雪平是不是死在这家医院里?你们有临终关怀的场所吗?"

丁嘉行不理解我的话:"临终关怀?不,这里是医院啊。只有太平间。况且景雪平也不是死在此地。他拒绝了我提议的治疗方案后就离开了。再没有来过。"

我呆了半晌——

"那么,我告辞了。"我欲起身。

"等等,"丁嘉行突然敲一敲脑袋,"我想起来了。"他从口袋里掏出手机,一个劲地按,"是有这么个地方。在哪里呢?我记下地址的。哈,在这里!"

他给我看通讯录。一个陌生的地址。遥远,并且隔着大海。

丁嘉行解释给我听:"当时我在美国参加为期一个月的访问研究,突然接到一个国内长途。从某个临终关怀场所打来,说景雪平在他们那里,病况危殆,痛苦不堪。他们的医疗水平有限,看他实在可怜,又从他那里知道了和我的关系,就赶紧与我联络。恳请我无论如何去一趟,好歹帮他解除点痛苦。可我人在国外,赶不过去啊!"

"所以你并没去?"我木然地问。

"我安排了科室里的医生去。但这毕竟不是人家的正式工作,地方又远。后来算买我的面子,周末赶过去,景雪平却已经离开了。"

我记下地址。

丁嘉行还在絮叨:"等我回到国内,就马上致电过去。接电话的不是原先打给我的女孩。"

"女孩?"

"是啊,听上去很年轻稚气的声音。但等我再打过去问时,就换成其他人了。对景雪平的情况一问三不知,只说人不行给接走了。"

"我知道了。"

"朱燃,其实我的意思是……"丁嘉行送我至门口,犹豫着说,"不管怎样,景雪平都已经去了。多少恩怨死者俱已抛开,活着的人也要放下才好。别太纠结了。"

哪里来的风将一粒细沙吹入眼角。微小却鲜明的酸涩,惹得我心慌眼热。我勉强挤出一丝笑容:"老丁,我懂的。谢谢你。"

到底是老朋友。在替景雪平不平之余,老丁仍然把善意赠予我。可惜我不能告诉这老好人:恩怨无一消逝,更如毒疮生根发芽,意图将我吞噬。

看到地址,白璐再沉稳,终是面色一变。

Chapter.04 登上回忆的岛屿

"怎么样，去吧？"我笑，"就当周末郊游。"

她设好导航，默默地发动车子。

驶过大桥，穿过隧道。城市里稀薄的薄雾，到了海面上就变成厚实的霾，像堵墙般横在前方。我们的车如施展法术的茅山道士，一路穿墙而去。只是，这道墙无边无沿，仿佛总也到不了头。

海，被雾罩得几乎看不见，心，却能时刻体会它的广袤存在。一路前行，追逐彼岸，奔向我逃避了几百个日夜的——景雪平的死亡。

一年多以前，他又是怀着怎样的心境，走在这条路上？

在景雪平的死这件事上，很多人觉得我太绝情。甚至我自己，也强迫自己这样想。因为我太明白，一丝心软必致万劫不复。

"……晚了，晚了。"

"您说什么？"白璐看我一眼，我知道她想说什么。无非是劝慰——已经来晚了，过多自责无益。她误会了，他们都误会了。

我之所谓"晚了"，是指我自己。既踏上这条不归路，再要回头，晚矣。

一切究竟始于何时？

"妈妈，这就是小景，景雪平。"

沙发上那张憔悴的脸抬起来，眼光轮流扫在我和景雪平身上。我喉头发涩，景雪平倒落落大方地喊了一声："阿姨。"

妈妈一震，眼光骤然亮起来。她上上下下仔细打量景雪平。

屋子里满是药味，我呼吸艰难，只好把注意力转向窗外。昨夜风急雨骤，小天井里满是落叶，泥污遍地一片狼藉。我想象户外雨后爽朗的空气。即使腐叶，亦有植物的清新。而在这间屋内，只有浊气逼人。我连一秒钟都待不下去，却无法离开。

"燃燃，你叫这个人来干什么？"妈妈突然问道。

我哑口无言。

春节后老妈旧病复发，即被医生宣告时日无多。之后我的日子，就是在家和医院之间奔波。彼时才二十五岁的年纪，体力尚够应付，心绪却疾速苍老。没人愿意眼看至亲之人委顿、凋谢，直至死亡，但也没人能躲得开。人生之苦痛，我在那段时间里，算是真正地体味到了。

老妈对自己的状况心知肚明，脾气反而比患病之初温和了许多。她对我提出唯一的一个心愿，便是要我有个好的归宿。换言之，我要交给她一个满意的女婿，在相当局促的期限之内。

我想到了景雪平。

身边并非没有追求者，大学时起就断断续续交往过几个。但家中接连出事以后，我没有了兴致。男人于我，就像饭后甜点，只可点缀心灵的空虚，却丝毫无助于我的饥渴。生活中刚有些风吹草动，我便把他们全都遣散了。

男人无法充实我。能够陪伴我的，只有我自己。

老妈给我出了道难题。

我决定找一个临时工，以慰妈妈最后的心愿。除了要能骗过老妈的火眼金睛之外，此人还必须懂分寸、知进退。履约期间能恪尽

Chapter.04 登上回忆的岛屿

职守，解约时则能一拍两散，绝不拖泥带水，心存妄想。

殊为不易。

条件相当的男人中，要么不认可这想法，要么顾虑麻烦一大堆，要么干脆想占便宜。我又没有豪放到在报纸上公开登广告招聘。寻寻觅觅，最后只剩下唯一的候选人——景雪平。

想到景雪平是因为我早知道，他可以为我做任何事。

毕业后我与景雪平就没什么来往了，突然又主动联络上他，竟吓得此君诚惶诚恐。我们约在咖啡馆见面。我一口气把前因后果说完，两人面前的咖啡都未及喝上一口。

"临时……"他喃喃。

"是，最晚不超过年底。"我冷静地说出妈妈的大限。任何事情都会习惯的，死亡谈得多了，也变得稀松平常。

"是，是。"

"可以吗？"

"朱燃……"他欲言又止的样子最令我恼火，可现在有求于人，我只得忍耐。我又问一遍："怎么样？行吗？"语调尽可能温柔。

是女人都会卖弄风骚，就看时机到不到。

景雪平低下头："我有女朋友了，最近刚去过她父母家。"

我的头胀痛起来，愣了半晌才说："不会影响的。你放心。"

"真的不会？"

"我保证！"我焦躁起来，"只不过让你陪我去探望几次病人。如果有问题，我亲自去向你女朋友说明。"

"不不不……不需要的。"

景雪平答应了，他当然只能答应。我没打算关心他如何摆平女友，这事压根与我无关。

后来我才知道，他在答应我的当天，就向女友提出了分手。在这件事上，景雪平绝对比我有远见。

医院对老妈停止治疗，我把她接回家中——等死。

冷空气接连到访，一夜秋深。所以这个周末，我把景雪平带到老妈跟前。

她却忘了这茬？

我蹲下身，握住妈妈搁在膝上的双手："妈妈，这个就是景雪平。我跟你说过的，我的男朋友。"

老妈摔脱我的手："你骗我，因为我要死了，你就这样来骗我！"

我慌了："没有骗你啊。妈妈，是真的！"

老妈指着景雪平的鼻子："他？他怎么会是你的男朋友？"

景雪平窘得面红耳赤。

"燃燃，你不能为了满足我的心愿，就从街上随便拉个人来充数。"

我欲哭无泪："不，不是随便拉来的。"

"骗人！我不信你会和这样的人结婚？"

"会，"我只能硬着头皮坚持，"当然会，我要嫁给景雪平的。"

老妈满脸鄙夷："为什么？他有哪点好？你怎么会看上这个人？"

我低下头找地缝。这辈子没有这样丢脸过。

Chapter.04　登上回忆的岛屿

"阿姨，我爱朱燃。我们会结婚的。"

我瞪着景雪平，他居然也蹲下来，就在我身旁。

"你说什么？"

"我爱她，我爱朱燃。"

我几乎厥倒。这是景雪平能说、该说的话吗？难得他还一脸真诚，演技赛过周润发。罢了，罢了。先过眼前这一关，容后算账。

妈妈好像真的给他迷惑住了。双眼更亮，枯槁的脸上稀罕地有了一丝生气。

"有多爱？"

"非常，非常爱。"言情片的标准对白。我恨不得自废双耳。

"你会爱她一生一世？"

"会爱她一生一世。"

他们旁若无人地交谈。我完全听傻了。

老妈从嗓子眼里发出"呵呵"的笑声，配上焦瘦的面颊和瘫软的四肢，效果格外惊悚。假如我不是她的亲生女儿，见此情景只怕会立即落荒而逃。但我不能逃。景雪平也没有逃，他欠身向前，紧紧握住妈妈的双手。

"燃燃，你嫁给他，我就放心了。"老妈气喘吁吁地说出这句话。

我无语，言情剧中最狗血的桥段莫过于此。唉，只要老妈开心，怎样都随她吧。

这番跌宕，把老妈可怜的体力尽数榨干。她很快陷入昏睡中。

我带景雪平离开。

雨又开始下，小而密。鞋子踏在沾湿的败叶上，一路留下泥污的印记。

"伞。"景雪平把伞撑到我头上。

"不要。"我推开他的手。

"会淋湿的。"

"我喜欢。"

我加快脚步，和景雪平拉开距离。他无奈地收起伞，小步跟上我。我扫他一眼，头发已经湿得搭在额头，伞却夹在腋下，看上去非常滑稽。

我想对他说，我讨厌打伞的男人，更讨厌带着伞却不撑的男人。

我站定，转身面对他，说："谢谢你。"

"……不客气。"

"今天这样的场面，可能还要发生若干次。"

"啊是。"

"你做得很好，以后……"我本想说，别再像今天这样肉麻。但景雪平直愣愣地盯着我看。我说不下去了。雨滴好像落进他的眼睛里，那么清澈。

他低声说："朱燃，我明白的。"

哼，你明白，你明白什么？

"把伞撑起来吧。"

"什么？"

"还要多讲几句话。"

Chapter.04　登上回忆的岛屿

"这样啊……"景雪平四下张望,突然扯住我的手。我冷不防,被他拉进一片屋檐下。

"这里淋不到。"他喜滋滋地说,"你慢慢讲话。"笑着再看我一眼,脸却腾地红起来。

此处都是三层的老式联排院落。门洞深且高。我们并肩站在屋檐下。午后的弄里,寂寂无声,只有雨在滴滴答答。

"我妈妈病得糊涂了。"我开始说,"原先她的脑子特别好,极聪明、能干。她的身体也好,精力充沛,待人接物很有一套。我们家里一向是她说了算。我爸爸……什么都听她的。他们俩是出了名的模范夫妻。"

我停下来,清一清嗓子。真说起来远比想象的艰难。

"我们一家三口本来过得很好,很幸福。可在前年的春节,爸爸给家里留了封信,就离家出走了。真是怎么也想不到的事情。妈妈和我都懵了。爸爸的信里具体写了什么,妈妈从来没有对我讲过。起初她只是拼命找他,联系了所有爸爸的熟人,就差没去报案。但是不管她怎么想办法,爸爸再也没有回来。后来我才慢慢听说,爸爸是和他单位里的一个女同事私奔了。这两人好了有一段时间,风言风语早就传开了,可就是没传到妈妈耳朵里。也或者是,她曾听到过一些传闻,但统统忽略了。对妈妈来说,她的婚姻是牢不可破的,根本不容质疑。可偏偏,崩溃来得那么突然,那么彻底。就这样过了大半年,妈妈终于不得不接受事实,她的婚姻完蛋了。"

我又停下来。隔着雨雾望望远处,好像那里有风景值得一观。

其实什么也没有。我感觉一条胳膊拢上肩头,我没有挪开。于是那只胳膊越搂越紧。

我继续说:"妈妈垮了。她整个变成另外一个人。脾气暴躁,喜怒无常。大家同情她,起初都忍着。她越来越怪,很快变得完全不可理喻。于是大家又开始躲她。只有我躲无可躲。然后,她就查出了绝症。虽说癌是长期病变的结果,但我一直觉得,妈妈是因为爸爸的出走才患病的。她对人生充满不解和怨恨,这些就在她的身体里长成毒瘤。接下来便是各种五花八门的折磨:手术、化疗、放疗,一轮接一轮。只有我陪着她,眼看她受苦,看着她的肉体一点一点地被毁掉。就像一具泥塑,先剥掉油漆,再抹去花纹,今天剃光头发,明天……"我全身发抖,牙齿相叩停不下来。

景雪平用力搂住我,我的头自然而然靠上他的肩。

"你都看到了,她今天只剩下个泥胎。"我拼命睁大眼睛,不让眼泪流下来。

景雪平张了张嘴,没发出声音。

滚烫的岩浆还在胸口翻腾,我缓缓吁出一口长气:"不好意思,对你说这些。"不待他回答,我紧接着说,"妈妈的头脑已经不清楚了。我为她庆幸,最后这段日子里,她糊涂着比清醒着好过。所以今天她说的话,全都当不得真。"

总算说完了。这才发现通体虚汗,经风一吹,从头到脚,冰凉。

我看景雪平,他也看我。

"可是我当真。"他说。

Chapter.04 登上回忆的岛屿

"唔?"

"我当真。"他又说一遍,语气沉稳,目光坦荡。

我笑出来。景雪平居然想趁火打劫? 太夸张了。

"朱燃,你别笑。"他还着急了。

我笑得更厉害:"哈哈哈,那……你想怎样?"

"让我来照顾你。"

他必是调动了全部的勇气说出这句话,我有一百种反击、嘲讽、侮辱的言辞,统统无法启齿。生平第一次,景雪平镇住了我。因为我从他的眼睛里,看见怜惜,还有那么多悲哀。仿佛他在为自己的人生,下了一个注定赔本的赌注。

我还在笑,但自知笑得无比凄凉。

"朱燃,我是说真的。请你相信我。"景雪平又强调一遍。

"我又没说我不信。"

"你本是个轻信的人。"

我以为听错了。

"你说什么?"

景雪平摇摇头:"没什么。"他也笑了,"让我照顾你,朱燃。让我来照顾你。"

他笑得比我更凄凉。

我一下子失去了所有的力气,软软地倚在他的怀中。

我们仍然立在屋檐下。说了这么长时间的话,弄里竟然没有一人通过,是上帝专为我们辟出这个空间,只让细雨相伴左右。

"可是我要先照顾妈妈，好好地送她走。"

"我会帮你。"

"生老病死，怎么会这样苦。"

"是苦。所以没人喜欢，可也没人躲得开。"

我握住景雪平的手，用力地捏住。救命稻草。"这种苦受一次就够了，今生今世我不要再来第二遍。"

"好的，朱燃。我保证，不让你受第二遍苦。"

今天回想，景雪平算是言而有信。至少，他没有给我机会目睹他受苦而死。他选择离开。一个人躲起来，死。

他挑选的，是怎样的一个死亡之所。

上岛之后就没有高速路了。GPS上找不到我们要去的地址，只有辖区的大略位置。一路开过去，渐渐地连水泥路都消失了。车在坑洼不平的黄土上颠簸，不一会儿人就腰酸背痛。难以想象，重病之人是如何挨过这段旅途的。

一来，一去。

好在他离开时已经弥留，大概不会有什么知觉了吧。

阴沉的天空压在头顶上。路两旁除了枯树就是杂草。没有任何标志指出方向，不过只有一条路，应该不会错。

白璐一声不吭地开车，我想她一定咬紧牙关。

路到尽头。大片的碎石沙地中央，孤零零立着一栋平房。

细细的烟从屋子的一角升上来。难道已经开始准备晚饭了？也是。乡间的生物钟比大城市要拨快两三小时吧。

Chapter.04　登上回忆的岛屿

我朝冒烟的方向走过去，白璐稍稍落在后面。

屋门敞开着。黑黢黢的泥地，几张木桌和长凳。灶台上煮着饭，烟火气一阵一阵涌出。门边坐着一位老者，须发皆白，系着围裙。应该是厨子吧。

我上前打招呼。

老人满脸的皱纹聚起来，瘪瘪的嘴笑得洞开。一边招手，一边说："快坐，快坐。"

我才发现他已失去了视力。

盲厨师。

呵，没什么可奇怪。人生是幻境，此地便是幻境中的幻境，负负得正，反而真实。坐在老人身边。时间仿佛停止下来。我只觉身心泰然。

我根本不及介绍身份和来意，老人已打开话匣子。我问一句，他答一句。

原来是家民间自办的老人院。和我猜想的一样，这里根本不是什么临终关怀所。但也没大错。老人住进这里，便要一直住到死。问题是，景雪平怎么会找到这个地方来？

我提出景雪平的名字。

"是啊是啊。我记得这个人。他来过，后来又走了。听说早死了吧。"老人笑得愈发慈祥。看他的表情，死像是件多么愉快的事——

他来干什么？

来找人。

找什么人？

不记得了。

他找到了吗？

没有啊，好像没有。

那他就离开了？

不，他留下来了。

为什么留下？

他病倒了，起不了床。走不了啦。

他住了多久？

几个月？半年？一年？记不清了。我老了，记性越来越差。什么都记不清了。

后来他又走了？

嗯，有人来接他，是位老人家。

他的母亲吗？

好像是吧，记不清楚了。

他离开时什么样？

不行啦，完全不行啦。唉，年纪还不大，寿数就尽了。可惜，真可惜。

他有没有说起过什么？人和事？

说？啊，他是个怪人，有时几天几夜不吭声，有时又说个没完。不过他说的我们都听不明白，也不想明白。人老了，就费不起脑子咯。

Chapter.04　登上回忆的岛屿

……

你呢姑娘？你是他的什么人呀？怎么会到这里来找他？

我……是他的朋友。

好，好。虽说人不在了，到底有人惦记着。总是好的，在那边也安逸些。

你们这里有没有一个年轻女孩？

……

老伯。

哎？

我问您这里是不是有个姑娘？

姑娘？你不就是吗？

不，老伯，不是我。是一个女孩子，还很年轻。她曾经陪在景雪平身边。

……

老伯？

啊，你说的是她啊……

有？

是有过这么个姑娘。

她在哪儿？我想见她，和她谈谈。

她也不在了。

不在了？

走了。年轻人怎么能在我们这里待下去。

什么时候走的？是和景雪平一起走的吗？

记不清咯，我什么都记不清咯。真是不中用了——

我向门外望去。白璐一直站在几步远的地方，悄无声息。天迅速地暗下来，她是昏茫背景中唯一的亮点。

我叫她："白璐，请你把那包水果和点心拿过来。"过来的路上，我特地置办了一份简单的礼物。

她好像没有听见。

"白璐——"

突然，一只枯爪覆上我的手背，我吓得几乎从椅子上跳起来。

对面的老人睁圆双目："你要不要去看看他住的屋子？临死前睡的床？呵呵。"那双瞳仁是灰白色的，骇人至极。

我缩回手："不，不，不必了。"

轻轻的脚步声。

白璐踏进门来，双手捧着礼物。我盯住她的一举一动。

她径直走到老人面前，弯下腰："老伯伯，这里有蛋糕，还有水果。您留着慢慢吃。"

老人混浊的目光落在她身上，须臾，张开黑洞洞的嘴："呵呵，你刚才还坐我旁边呢，怎么一眨眼就到门边了？连个响动都没有。"

"老伯，我还在这里。"我说，"我们是两个人。"

"啊，两个。"老人频频点头，"这里平常几年也不来一个人。今天一下子来两个，还都是姑娘，真好。我太高兴了，太高兴了。"

我还不死心："老伯，那个已经离开的姑娘，你知道她去哪里了

Chapter.04　登上回忆的岛屿

吗？后来有没有再和你们联系过？"

老人接过白璐递上的蛋糕，咬了一口，又一口。眉开眼笑。"好吃，好吃。"

他再也没有搭理过我和白璐，仿佛我们已不复存在。

我和白璐踏上归途。

天已完全黑了，相当长的一段路上只有车灯照亮。白璐把车开得飞快，像在逃。车窗外，昏黑的原野上不时掠过几个灰色的影子。大概是本地的某种野鸟吧。

就这样结束了？一切都似是而非：真相好像清楚了，又好像依旧模糊；我好像心安了，又好像更加惆怅。

终于到有路灯的区域了，我们俩都大大地松了口气。

"你难过吗？"白璐突然问。

我很高兴她主动开口。

"说不清。"我想一想说，"我觉得自己好像分裂成了两个人。一个沉浸在悲伤中，恨不得随时号啕大哭一场。另一个却在冷眼旁观，仿佛没有心肝，既不悲也不喜，完全是麻木不仁的状态。呵，很怪是不是？"

"我能理解。"

"你似乎样样都能理解。白璐，你根本不像你这个年龄的女孩。"

"您不会怀疑我年龄造假吧？"她嫣然一笑。

"我怀疑你什么都是假的。"

"唔？"

我闲闲地说:"姓名、籍贯、背景、学历,一切的一切。白璐,我怀疑你是个假人。"

她很平静:"您是开玩笑的。"

"你看我像有这个心情吗?"我叹口气,"无所谓了。白璐,谢谢你这些日子陪着我。没有你,今天我肯定来不了这个地方。"

白璐沉默许久,才说:"这种地方,来一次就够了。"

又行驶很长的距离,快要离开岛屿了。

"你爱他吗?"白璐再次发问。呵,好尖锐的问题。

"什么是爱?"我反问,"有人爱明星,其实是为了自我宣泄;有人爱别墅存款宝马车,其实是寻求安全感;还有人宣称你爱我所以我爱你,倒更像欠债还债。爱,我真的不懂这个字眼。"

"可是他爱你。"

"谁?"

"那个死去的人。"

"你又没见过他,你怎么知道?"

"我猜。"

我们的车子一头钻进隧道,驶过大桥。

是啊,景雪平爱我。

自从他第一次上我家,妈妈又活了四个月。在她的强烈要求下,我只得每个周末带景雪平回家。我俩一起料理家务,服侍妈妈。我买菜做饭,景雪平打扫屋子,在庭院里布置上盆栽的蜡梅,在房间里养起水仙。我们只在妈妈醒时交谈。她睡着了,我便与景

Chapter.04 登上回忆的岛屿

雪平相对无言。有时喝杯茶，一坐就是整个下午。我们好像真的在恋爱了，又好像直接成为老夫老妻。

"我要看到你们结婚。"妈妈对我们说，"只有这样我才能放心。"

她越来越虚弱，随时都有可能离世。

我与景雪平背着她商量，或者就在家里办个最简单的仪式。当然不作数的。我强调说。景雪平什么都同意，但他要去请他的母亲出面。

我第一次见到倪双霞。

景雪平安排我和他母亲见面，开准备会议。从第一眼起，我就知道倪双霞不喜欢我，我也讨厌她。我认为无须敷衍她一辈子，所以开始时并未放在心上。

期间景雪平去厕所，倪双霞立刻垮下一张脸。

"你爱我的儿子吗？"她恶声恶气地问。

我很诧异，此事与爱何干？

我老实回答："不。"

"那你为什么要拼命嫁给他？"

"我？"

"你这样会误他终身。"

这简直是在无理取闹了。我强压住火气说："阿姨，刚才你儿子已经把原委说得很清楚了。不用我再重复一遍吧？我不爱你儿子，也根本不想嫁给他。现在所做的只是为了安慰我妈妈。她没几天了。我承认委屈了你儿子，更委屈您，今后我再想法补偿你们吧。

此时此刻,只求您发发善心,配合我们演完这场戏。非常感谢!"我向她躬下身。

倪双霞说:"别以为我不知道你在打什么主意。我儿子傻,死心眼儿。我可不像他那样傻,我要保护他。"

我失笑:"我打的什么主意?"

"你不就是想假戏真做吗?"

"我?和景雪平?"

"你们说到哪里了?"景雪平回来了,似乎很高兴看见我和他母亲热烈交谈。

我脱口而出:"领证。"

"啊?"

"阿姨同意我们去领结婚证,这比任何仪式都能让妈妈放心。"我挽住他的胳膊。倪双霞的脸色怎样我不看也知,顿时,心中的畅快如暴涨的江潮,汹涌澎湃。

就这么假戏真做了。

等我把结婚证拿到妈妈面前时,她已经连看一眼的力气都没有了。尽管如此,她还是艰难地笑了。我使妈妈笑着离开人世。

至今我不知道,妈妈究竟凭什么认定了景雪平。

倪双霞气得足足有一年没和儿子讲话。

她无法接受我的自私、任性和不可理喻。她更无法接受的是,她的儿子所爱的,恰恰是这样的一个女人。

是啊,景雪平爱我。即使到了今天,我也不能否认这一点。

Chapter.04 登上回忆的岛屿

终于回到家。

白璐去赶最后一班地铁,我独自上楼。

开门进去,客厅里的长沙发上,依稀一个人影。我全身血液冻结。

"朱燃。"

台灯亮起。是沈秀雯。

"怎么不开灯?"我倒在沙发上,"吓死我了。"

她递过来一样东西。

"哗,望远镜?"

"高倍数的,德国货。"她微笑,"今天带来给小轩玩过了,他喜欢得不得了。我答应送给他。"

我有些惊奇,已经许久没见到沈秀雯的笑容。她今天看上去很不一样。

"小轩呢?"

"本来还硬撑着要等你,我打发他去睡了。今天幸亏我来,这孩子到八点都还没吃晚饭,一个人孤零零地在啃饼干。可怜。你这个当妈的算怎么回事?成天只顾忙自己的,太不称职了。"

"红妹连晚饭都没做?"

"我来了就没见她出过房间,听小轩说病了躺在床上。"

"那小轩吃的什么?"

"现在想起来问了?"沈秀雯嗔怪,"总算我这个阿姨还有点儿小能耐,临时炒出几个菜来,你儿子吃得简直像个非洲灾民。"台灯的一点光源照亮她的脸庞，圆润中透出秀气，恍惚有点西洋油画中美人的意思。啊，沈秀雯。她本来，曾经那样美丽过的。

我心头一热："秀雯，我——"

"哎？"

话到嘴边，终是怯了。我讪讪地笑："我是太不合格，要不你给小轩当妈吧。"

"那你干什么去？"

"我？"

要不要告诉她？有太多太多的事可说：关于景雪平的死，关于成墨缘，关于白璐，关于新世界……

我迟疑着，从茶几上拿过望远镜："这很贵吧？"

举到眼前，慢慢转动方向。呵，这是沈秀雯的额头、鼻子尖、脖颈。真是天生的好皮肤，虽然发胖，却减缓了衰老的速度。在镜头里闪着光，吹弹可破。秀雯，她生来是做雍容的主妇和慈爱的妈妈的，她根本就不该成为什么女金刚。

沈秀雯的手压住镜头。

"朱燃，今天和你一起回来的女孩是谁？"

"你看见了？"

"我从窗户里看见的，用这个。"她指指望远镜。

"她叫白璐，我公司里的小助理。"我横躺到沙发上，实在太累了，说话都吃力。

沈秀雯有些拿不准的样子："她怎么和你那么像？"

Chapter.04　登上回忆的岛屿

"像我?"

"是啊。天太黑看不清五官，但就是感觉像。仿佛看见好多年前的你。"

我坐起来："过去的我和今天的我在一起？听上去怪吓人的。"

"也是……可能我是看岔了。"沈秀雯沉默下来，我看着她，不知为什么胸中像堵了块巨石，愈来愈沉重。

"秀雯！"我叫起来，"你这些天都在哪里？你要望远镜有什么用？你今天为什么来？"

她嘘我："小声点，吵醒了小轩。"

我们拉扯着退入我的房间，关门，并肩坐到床沿。从十几岁起我就与沈秀雯在床上细说心事。

几十年如一日，人生恍然一梦。

"秀雯。"我刚起头，便哽咽。

她温柔地抚弄我的肩膀："看看，都憔悴成什么样子了。不管怎样，你要保重自己，小轩只有你。"

"秀雯——"

"你猜对了，"她悠悠地说，"我特意买了这个望远镜，就是用来看成墨缘。盯梢需要专业工具嘛。"沈秀雯凄然一笑，"现在我算明白了，我最近的行径和疯子无异。"

我什么话都说不出。

"都过去了，别为我担心。"她握紧我的手，"最极端的时候，我试过二十四小时不吃不喝不睡盯着他。这不也挺过来了？都结束了。望远镜我再也不需要了，所以今天才带来送给小轩。让他用来看夜空中的星星，树上的小鸟，水里的鱼。那些才是值得看的。"

我问不出口，又不得不问："……你见过他了？"

"他？"沈秀雯的音调稍稍一变，但立即恢复平和，"不，我没有见过他，从今往后也不想见他。不，朱燃，从头至尾我都错了。我将罪与恕全部系在成墨缘的身上，其实是多么不公平的一件事。他只不过是个普通人，和你我一样。他并不是全能的上帝。"

"你真能释怀？"我将信将疑，心中的焦虑不减反增。

沈秀雯拉过我的手，放在她的左手腕上。我颤抖着抚摸那道伤痕，翻出的皮肉比旁边的颜色深很多，表象狰狞。那次她割腕自杀，决心下得多么坚决。但，沈秀雯终究没有死。

"我虽行过死荫的幽谷，也不怕遭害。因为你与我同在。你的杖，你的竿，都安慰我。"

"秀雯！"

"最终还是主指引了我。"她继续说，"他使我的灵魂苏醒，为自己的名引导我走义路。"

我泪如泉涌。

"不要伤心。朱燃，我找到了最好的归宿。圣母献堂会已经批准我做初试生，所以今天我特意来与你道别。"

"什么献堂会？什么初试生？我听不懂！"

我在流泪，她却微笑："你该为我高兴，我已立志献身于主。朱燃，这是修行，是福祉。"

Chapter.04 登上回忆的岛屿

"什么修行？富商在家里打坐，明星去西藏转经，每个时尚人士都号称在修行。秀雯，没想到你也赶这种时髦！"

沈秀雯并没有生气。我这样恶毒的言辞也激怒不了她。

她说："我会为你祷告。"

"我才不要！"我嚷起来，"秀雯，求求你不要离开我。一个个都走了，你也要走。今后我还有谁，还有谁能帮我？"

我完全忘记了，计划周详要走的人是我自己。我只是万难接受沈秀雯比我早一步。她怎么可以就这样抛下我！

"朱燃，你静一静。主与我们同在。"

"那是你的主！与我有什么关系！"

"你还是自私，又任性。"沈秀雯依旧平静地笑着，"永远是个长不大的蛮横小姑娘。"

"可是秀雯，你才四十岁啊……"我扑到她的肩头，把满脸的泪擦上她的衣襟。心像在火上炙烤，痛不可当。沈秀雯轻轻拍我的背，"瞧你说的，信奉主又没有年龄限制。"

"你的事业？"

"哪里称得上事业，小生意而已。我都盘算好了。店铺退租，存货总有人接手的。我会给员工发一笔丰厚的遣散费。今后等我发了永愿，我会把自家的房子也一并交予主。你看，我全都想好了。"

我无言以对。

我终于失去她了。沈秀雯，我此生最好的、唯一的朋友：我有多少对不起她，她就有多少对不起我的——朋友。不是每个人都有这样的朋友。

"对不起。"我说。

沈秀雯的身子微微一颤。

"是我毁了你的终身幸福。请你原谅我。"

她闭起眼睛,又睁开。她说:"我们都是罪人,只能求主的宽恕。"

什么都不必再说。关于我的一切,对沈秀雯已经失去意义。

当夜,我们又回到了学生时代。沈秀雯与我躺在同一张床上。我们相互依偎。所不同的是,过去我们常喋喋不休地谈上通宵,何时睡去谁先睡着,永远是桩无头公案。今夜我们并不交谈,但都在黑暗中大睁着眼睛。彻夜未眠。

我又看到那些夜晚,听到青春在饶舌聒噪中流逝的声音。那时我们憧憬未来,设想过无数种可能性。但从没想到过,我们会走到今天这一步。

那时候,我们的主题永远是爱情。

我从中学时代就有人追求,大学里更是不缺乏崇拜者。那时候我已知道,男人中的绝大多数普普通通,既不够好也不太坏。他们带不来书中所描绘的,那种惊心动魄、足以颠覆整个人生的爱情。

现实就是现实。

不过,沈秀雯的爱情观全部来自于文学,她精通纸张上的浪漫。我们总在床上交换意见。比如——

那次,她要和我聊聊俄国小说《白夜》。

Chapter.04 登上回忆的岛屿

"这故事里的女主角好傻,真会在桥上等了一夜又一夜。"沈秀雯感叹。

"因为那个男人承诺过她吧。"

"但是起初他并没有出现呀!她怎么能确信没有上当受骗呢?"

"最后她还是等到了他。"

"所以男主角落了一场空。真可怜。"沈秀雯常常这样为古人担忧,替书中人鸣不平,"男主角听她倾诉,陪她等待,真心实意地爱上她。结果呢,满腔痴情还敌不过一个负心汉。"

"女主角等待的可不是负心汉哦。再说不爱就是不爱,这种事勉强不得。所以最后连男主角也说了,只要自己不觉得深情枉付,就能靠那一分钟的欢娱,受用整整一辈子。"

沈秀雯说:"朱燃,你是个冷血动物。"

"哗,怎么又骂起我来了?"

"我倒想看你矜持一辈子。"

"我倒想看你矫情一辈子。"

她把书盖在脸上:"反正我相信,只要真爱就是孤独的。"

"恶心。"

她扑过来,我们在床上打得不亦乐乎——

二十年过去了,我还能清楚地记得那本书里的话:"上帝创造此君,莫非是为了给你的心,做伴于短短的一瞬?"

我永远不会告诉沈秀雯,我曾经悄悄地为这句话流泪。

只要真爱就是孤独的。

晨光熹微，窗上透出淡淡的红色。太阳依旧升起来。空中尚有一弯残月。稀薄透明的白色，像吃剩下的半块蛋清，被丢弃在蓝色的盘子边缘。

　　看见我和沈秀雯都在家，小轩简直心花怒放。我给大家做早餐，就连红妹也起来了。躺了一整天，她的苹果脸像小了一圈，不过精神恢复了。早餐后，红妹照例跑菜场，小轩和多多约在小区会所打乒乓球。我送秀雯出门。

　　如常的周末，小区里的人行道几乎全被私家车占满。保时捷应当是沈秀雯首先抛弃的身外之物，所以我们步行。在我的身旁，秀雯不慌不忙地走着。我才注意到，她穿了一身藏青色的棉服，黑色棉鞋。整个人清减利落。

　　走到小区边门，沈秀雯止步。"我就在前面搭公交车。"我竟从不知道，公交车站离小区这么近。

　　我目送她远去。沈秀雯的肩上挎着一个深咖啡色的帆布袋，昨天，她就是用这个袋子装了那沉甸甸的望远镜来吧。此刻袋子空空瘪瘪地垂下来，还真是无牵无挂。公交车来了，她朝我挥挥手，踏步上车。看那黑色的背影，已俨然是位耄耋老妇，又依稀多年前的素朴女生。

　　天晓得！我是多么羡慕她，又是多么哀怜她。

　　公交车开走了。我转身向小区的正门走去。人还没到房产中介公司，张经理的电话已经打进来。

　　约好了这个时间签售房合同。

Chapter.04　登上回忆的岛屿

一切顺利。

中午时分,我的账户里多了五百万的款项。其余三百万款子直接还到银行的贷款户头里。我与小轩今日的栖身之所,已在法律上归属他人。不过,我们还有一个月的时间搬离。

我站在楼下。于寒风中,仰望不再属于我的阳台。

"老宅是不能卖的。"当初,景雪平曾经这样坚持。他指的是我与妈妈居住的老房子。

结婚时我想卖掉老家,凑钱和景雪平一起买套大点的新居。不仅因为老家在底层,潮湿阴暗,设施老化,居住有诸多不便;还因为妈妈在此过世,我想借卖掉老宅,送走全部伤感的记忆。

景雪平居然坚决反对。

他的理由还是唯心论的。口口声声说老宅里有妈妈的灵气。屋子在,妈妈的魂魄就能继续保佑我。一旦失去老屋,我的根基也就没有了。从此,将如浮萍飘零于世。

我对景雪平的这一套说辞嗤之以鼻。信他就是我有病。但还是打消了卖房的念头。

当然不是因为那些乱七八糟的鬼话。而是因为我认识到,景雪平所眷恋的,其实是我们在一起陪伴妈妈度过的最后时光,是我与他之间那场弄假成真的恋爱。

看他那么珍惜,打动了我。

再后来我下决心卖老宅,景雪平果然暴怒。这件事也成为我们离婚的引爆点,压死骆驼的最后一根稻草。老房还是卖掉了。卖房款充了一部分首付，再加上沈秀雯的资助，我才千辛万苦挣下这套江景新居。不料，它在我的手上仅仅停留了三年。

难道真如景雪平所预言的？失去旧宅，即成浮萍。

不。我是要去新世界，那里有蓝天白云大海，有自由和空气。我和小轩将在那里生根发芽。现在所失去的，只不过是桎梏和牢笼。

我想念起卢天敏，我已有多久没听到他的声音？我要通知他好消息。

我赶忙拨他的号码，手抖个不停。

他立即接了，这可稀奇。

"天敏？"我唤他。

明明都听见他的呼吸声了，可就是不答应。

"天敏——说话呀，我知道你在。"我急得跺脚。一个孩子追着小皮球正跑到我面前，被吓得往后直躲。在他眼里，我俨然是个疯婆子了吧？

"是你啊……"卢天敏终于搭腔了，瓮声瓮气的。一点儿也不热情。

我不计较，我什么都不计较了。此时此刻，只要能听到他的声音，我就像快溺死的人抓到救命稻草。

"你在哪里？"我问。

"上海。"

"我知道你在上海，我是问具体地点。还在香格里拉吗？我去找你。"

Chapter.04 登上回忆的岛屿

"不。"

"不?"我的脑筋越来越迟钝,不愿思考,一味冲动。"不什么?为什么不让我来找你?我想你!"我冲着手机嚷。

"朱燃!"卢天敏也抬高了声音,"我们不是说好的吗?"

"说好的?"

我依稀记起来了,卢天敏曾提到在移民手续办完前不再见面。真是的,我都在火上烤了,还要顾及他那份骤然暴涨的自尊心。

但我明白,卢天敏有卢天敏的原则。某些人就是这样得天独厚,永远只有旁人来迁就他。这不是性格,也不是道理,说来说去,这就是命。

我软下来:"天敏,我真的非常非常想你。你……想我吗?"

他没有回答。

我在心里深深地叹口气。这些天我叹的气,大概可以吹胀一千只气球了。等真的踏上澳洲的时候,我一定要在那片黄金般的沙滩上放起一千只气球。

碧海,蓝天,一千种五彩的心愿。

会有那么一天的,上帝应怜我。

"天敏,钱筹齐了。"

"钱?怎么筹的?"

"我把房子卖了。"

他再次沉默。很久很久。这一回我耐心等待。

"全卖了?"他的嗓音变得喑哑。

我笑出来:"房子又不能一半一半地卖。"

"那你住哪儿?"

"还有一个月的时间交房。反正要走,大部分的东西都扔掉,搬家倒也方便。"我说,"天敏,手续怎么样了?"

"……差不多了。"

"钱我马上转给你。"

"朱燃。"卢天敏今天真是古怪,一次次欲言又止。

"怎么?"

"你真的想好了?"

"当然。"

"会不会后悔?"

我愣了愣,这话问得好蹊跷。可我已没有任何退路,即使弦外之音震天般响,我也必须听不见。

我说:"不后悔。"发自肺腑。

"好吧。"他的语气简直像个老头子,"我把账号发到你手机上。"

"嗯。我会立刻去办。"该挂电话了,还有许多许多事要去忙。但我舍不得,好像那看不见的信号里维系着我全部的生机。

我说:"我爱你。"

他还是沉默。

我又说一遍:"我爱你。"泪已盈眶——求求你,也说给我听。

他说了,虽然说得极其低微,但我能听见。

"我也爱你。"实实在在地听见了。我笑着挂断电话。手背上多

Chapter.04　登上回忆的岛屿

了颗小小的水珠,风一吹也就干了。

我到会所的乒乓球馆时,训练课刚刚结束。

小轩满身大汗地冲我跑过来,手里还高举着乒乓板,不住地挥舞。"妈妈,比赛我赢了!"

"好,好。"我实在欣慰,这么喜欢运动的小人儿,澳洲应该会使他满意。

我和小轩手牵手朝外走。

"朱燃!"我们被简琳挡住去路。我还从来没见过她这样狼狈,头发散乱,衣衫不整。看起来老了足有十岁。

我真心诧异:"多多妈,你怎么啦?"

"朱燃,你老实告诉我,老顾到底跑到哪里去了?"

我如坠五里云中。简琳是真急了,看我没反应,上前就拉扯我的包。

"快,你快带我去找他!"

"妈妈!"小轩拦到我们中间,多多也去拉简琳。两张小脸都紧张得发白了。

我忙道:"有话好好说,别吓坏了孩子。"

简琳这才松了手,一双眼睛却还是直勾勾地盯在我脸上。

我打发小轩和多多去我家。红妹肯定做好午饭了。俩小子还没走远,简琳就又发作了。"朱燃,别装样了!说,你把老顾藏到哪里去了?"

"我藏老顾?为什么?"

"你自己心里清楚!"

我气得笑出来。原来全天下的女人蛮不讲理时都一个德行,不分贫富贵贱。

"你还笑,不要脸!骚货!"简琳开始出言不逊,"别以为迷住老顾一个男人就万事大吉了,天底下没那么便宜的事!"

这女人疯了。我扭头就走。

"朱燃!"她还叫。

我忍无可忍:"简琳!你自己管不住老公,到我面前来无理取闹算什么意思。我告诉你,顾风华的行踪我一无所知,我也不关心。你还是拿出本事来好好找一找才是。免得老顾真被什么狐狸精套牢,把你家的财产偷偷转移得一干二净,到时候你连到哪里去骂都搞不清!"

简琳面如死灰,因为我戳到了她的痛处。所有的正房在声讨老公出轨时,都会祭出感情和责任两面大旗,但真正顾虑的常常只是那份家产,以及附着在老公身上的变现能力。简琳要是真爱顾风华,以她对我的猜忌之深,早就该闹得天翻地覆了。何必等到今天。突然翻脸,无非是她认为融资大局已定,生怕我乘机狮子大开口,掠走她的份额。以简琳所见,我朱燃不知羞耻地勾引她老公,不就是为了多弄点钱嘛。她还真是过虑了。像他们这样的婚姻,一切从实际出发,才是千秋万代江山永固的。

"老顾两天没回家了!"她赶上来,压低了声音,带着哭腔在我耳边念叨,"电话也打不通。我问遍了人,谁都没见到他。朱燃,我

Chapter.04 登上回忆的岛屿

实在没办法了。你说他、他会不会出了什么事……你真的不知道他在哪里吗？"

"我真的帮不上忙。"我停下脚步，"你要是实在担心，就报警吧。"

"不不不不，绝对不可以的。"

我撇下失魂落魄的简琳，回家去了。

下午做的第一件事就是转账。

现代社会太便捷，动动鼠标，我的账户便空了。心中顿感失落，随即又被希望填满。我忍着没有给卢天敏打电话，只发了条信息通知他：钱已转账。卢天敏没有回复。银行到账通常还需要一天左右。我必须耐住性子，钱一到他就会确认的，我安慰自己。

然后陪小轩看动画片，我怎么也集中不起精神。简琳的脸老在我眼前晃动——顾风华不见了？这终归不像是件好事情。

最后一次见到顾风华，还是在那家顶级会所的会议室里。他用自己的奔驰车载上梁宏志出发，声称要去解决这个麻烦。从简琳的叙述推断，就是从那之后，顾风华不知所踪。

那么梁宏志呢？他又到哪里去了？他是不是一直和顾风华在一起？

或者，可以先设法找到梁宏志？

荒唐。我骂自己。连顾风华这样高调的人都找不到，还能到哪里去找活得像只蟑螂的梁宏志？想必简琳已经发动了全部的关系网，却仍然没有下落。

恐怕凶多吉少。

我的头皮发麻，脖颈直发僵。不能出事，现在这个时候，绝对不能再出事。

其实尚有一层关系可以试试，但那是简琳触碰不到的。

我从钱夹的最里面摸出一张白色小卡片——成墨缘。

这三个字，仅仅默念一遍，心就不由自主地绞痛起来。我爱惜地以指腹轻轻摩擦，一遍、两遍……怎么办？

"妈妈。"

我惊得一跳："什么事？"

小轩递给我手机："你的电话。"

竟是宋乔西打来的。

"朱总？"

"是我。"我答应着，心怦怦地跳。怎么这样巧？说曹操曹操就到。

"周末冒昧来电，打搅了。"乔纳森博士彬彬有礼地问，"想请问朱总今晚是否有空？"

"有。"我直截了当地回答，心跳得更快了。

"那么太好了。成先生想邀您共进晚餐，可否赏光？"

当然。我说："当然。"

我没有半点矜持，真的毫无必要了。再说热潮已蹿至我的全身，脸都发烫了。

乔纳森如释重负地笑起来："那好，我晚上六点来接您。"

Chapter.04　登上回忆的岛屿

"好的。"

我握着手机,发了好一会儿呆。

"又要出去吃晚饭。"小轩嘟着嘴,表示他的不满。

我抱他亲他:"乖儿子,妈妈就今晚出去一趟。"

"不是今晚,是许多许多晚!"他大声控诉。

"就今晚,以后再也不会了。"

小轩瞪着我:"我才不相信。"

"真的。"

他还是将信将疑:"你发誓?"

"我发誓。"

我不知道。是不是每个人到最紧要的关头都会有预感?对我,最后一幕的铃声已经敲响,我听得见。

Chapter. **05**
请让我爱你一次

女人要赴晚宴，总得打扮打扮。

我站在衣柜门前发呆。女为悦己者容，不啻为巨大的人生考验。女人需要闺密，很大程度上就是为了应对这样的时刻。假如沈秀雯在，肯定会建议那条红色的真丝长裙，她最欣赏我穿红色。

但是，秀雯，我不会听你的。原谅我。

五点五十分，我已经穿戴妥当。

小轩本在自己房里做功课，不知何时来到我身边。

"哗。"他两眼直放光，"妈妈，你好美好美。"

我把他紧紧地搂在怀里。

手机响起，宋乔西到楼下了。

黑色劳斯莱斯。果然是我在会所停车场看见的那一辆。

他请我坐进后排，自己坐在我身边。前头是司机，我觉得自己像被押解的囚犯，当然，是排场十足的囚犯。

车刚开动，宋乔西便赞道："您今晚非常美丽。"呵，还算没辜负在美国受教育的经历。

"谢谢。"我回答，"辛苦你了，周末还要加班。"

宋乔西矜持地点点头。

Chapter.05　请让我爱你一次

"这几天可曾见过我们老顾?"我随便问。

"没有。怎么?"他的表情仿佛在说,你自己的老板还来问我。

"我以为你们还在做最后磋商。"

"不,不需要再磋商了。"

"是吗?都定下来了?"

"定了。"

"结论是?"

宋乔西笑起来:"这我无权说。或许,今晚成先生会亲自告诉你。"他处处模仿成墨缘的风度,毕竟火候未到。失之毫厘,反而显得有些势利了。

我问:"你加入成先生的团队很久了吗?"

"不,才一年不到。"

"看得出你很受器重。"

"我尽力而为。"

"为他工作压力很大吧?"

"也不尽然……"这青年精英迟疑了一下,谨慎地回答,"成先生的要求非常高,他自己也始终在挑战极限。不过,我听说他这一年来有不少改变。"

"改变?"

"主要是身体方面的原因吧。具体我也不太清楚,毕竟我来的时间不长。"

"成先生的身体出了什么问题?"我追问。

宋乔西字斟句酌地说："我只知道医生严格限制他的工作强度。别的嘛……我也没听到什么明确的说法。"我觉得很不寻常。以宋乔西的精明和所受过的训练来看，他决不该轻易和人谈论自己的老板。除非有人交代过他，或者，他自己别有所图？

　　那么，就让我再深究一步。

　　"你经常替成先生接人吧？"

　　"唔？"

　　"就像今晚这样？"

　　宋乔西目视前方，似乎什么都没听见。我们的交谈到此为止。我触到了底线。但不知是宋乔西的，还是他背后之人的。

　　无所谓了。

　　劳斯莱斯开进会所地下的停车库。宋乔西领我到另一侧的电梯厅。我明白了，成墨缘就住和会所一体的公寓里。

　　电梯到顶层。宋乔西道一声"我先告退"，便乘原梯离开。整层楼面只有一扇房门。我还未按铃，门已经开了。

　　成墨缘亲自来迎我。

　　不管此前情绪怎样跌宕，每次只要见到他，我整个人便即刻安定下来。好像大幕一拉开，所有的思维、取舍、判断、瞻前顾后统统清空，只剩下本能指挥行动。从现在开始，不是该做什么，而是能做什么。

　　我微笑着走向他。

　　他轻轻握住我的手："很高兴你能来。"看得出他是真心的，我

Chapter.05　请让我爱你一次

也一样。

我们在餐桌旁坐下,一名男佣和一名女佣开始布菜。我仔仔细细地打量成墨缘。他的气色比上次见到时更差,但两只眼睛极有神采,提亮了整张面孔。他的身上有种遮掩不住的热切。

我不也是?

我的目光落在成墨缘的手边。啊?他今天拄了一柄手杖,坐下后就放在身侧。我的心猛地狂跳起来。怎么了?他到底怎么了?

成墨缘一直在注视我,我的心情对他是一览无余的。他悠悠地道:"这是一位英国朋友送的,我嫌啰唆从来不用。这几天刚巧有心情玩玩。还是位受封的爵士呢。"

我松了口气,突然又有点想哭,莫名的心酸。

他又说:"你今晚非常美丽。"

呵,这已经是今天我听到的第三次赞美了。

我不过穿了件白色的长袖丝绸衬衫,黑色及膝皮短裙。铂金项链和配套的碎钻心形耳环,都算不上值钱的珠宝。整个人像在拍黑白照片。

但他们都觉得美。

成墨缘不错眼珠地看着我:"真奇怪。请原谅我这样说,我总觉得曾经见过你。"

"十年前。"我说。

"不,不是十年前那次,你当时怀着身孕。"说到这里,他很温和地笑了,"我记得很清楚,你穿了件深咖啡色的外套,大得如同袍子。走起路来像一只鹅,摇摇摆摆的……可为什么,在我记忆里的你依稀是现在的样子?"

看样子他是真的困惑。

突然想和他开开玩笑,我说:"听起来还挺浪漫的。"

成墨缘果然朗声笑起来:"是啊,我应该说前世有缘之类的话。不,我不会用这一套来讨女士的欢心。"

"当然,你不需要。"我想了想说,"我看过一些心理学的理论,对这种'似曾相识'现象的解释是:人们在无意中接受了许多信息,有些真实,有些虚幻,都会从中产生出熟悉感。心理学家还说,其实很多时候我们根本不需要真实的记忆,大脑内部自己就能制造出一种熟悉的感觉。"

他皱起眉头:"可为什么呢?"

"为了……为了叫自己相信,一切皆有因果吧。"

"这样会感觉舒服?"

"我想是的。"

他点点头,冲我端起酒杯:"所以今晚我们坐在一起吃饭,肯定是有原因的。谢谢你肯赏光,多吃点菜。"

菜已经上齐了,味道出奇地好。新鲜而富有层次感,不亚于米其林厨师的手艺。或许就是吧,会所里本就有一爿米其林三星的中餐馆。我原以为自己没什么胃口,居然也吃得津津有味。酒,更是少有的佳酿。我喝了一口又一口,再下去只怕要醉了。

成墨缘几乎没动过筷子,他只喝酒。

Chapter.05　请让我爱你一次

我问他:"医生没有限制你饮酒吗?"

"有。"

"允许你喝多少?"

"一滴都不行。"

我看着他。酒精使他的面颊红润了许多,眼睛亮得吓人。

成墨缘若无其事地说:"在一年多前,我接连有过好几次濒死的经历。医生宣布,如果不改变生活方式的话,我不知何时就会一命呜呼,而且死状相当不堪。死,我并不在乎。每个人都会死。但我也不想死得太难看了。所以从那时起,我开始逐步采纳医生的建议。"他向我狡黠地眨了眨眼睛,"不过我认为,在死得难看和活得憋屈之间,尚有平衡点可寻。有些事情可以妥协,有些则必须永远说不。"

他将杯中之酒一干而尽。

我低下头去,不忍心再看。

"听说你在找你们的老板?"成墨缘突然改变了话题。

我一惊:"你听谁说的?"

"噢,顾风华不是失踪好几天了吗?难道你不担心?"

从成墨缘的脸上看不出任何特别的意思。只用时一秒钟,他就从推心置腹的叙旧切换到冷酷的商人嘴脸。太可怕的男人。

太可笑的我。

"是的,我们都很担心。"我也冷静地问,"成先生,你有顾风华的消息吗?"

他点点头:"如果你吃好了,我给你看些东西。"

"我吃好了,很美味。谢谢你。"

站起时成墨缘微微一晃,我本能地伸手去扶他。他微笑了,轻轻拍一拍我的手背,一下子我的怨愤又消失得无影无踪。我有什么理由可以怪他?他怎样对我都是应该的。

起居室的墙上有一块大的液晶屏,我们在沙发上坐下后,灯光立即调暗了。"我不想吓到你,"成墨缘的语调很平稳,"接下去你要看到的可能不太容易接受。请做好思想准备。"

画面出现了。没有声音。一望而知是偷拍的视频,又是夜间,光线、距离和角度都成问题。画质粗糙但不影响观看。右下角有日期和时间,表明是分别发生在过去两天里的几段影像。

第一段,上周六凌晨两点十六分开始。画面中央一栋孤零零的灰色小楼。正是顾臣集团位于开发园区的研发中心。夜色深沉,在视频中黑得失真,如同蒙着一团又一团灰色迷雾。一辆银色轿车飞速驶入画面。我认得,顾风华的奔驰S320。它在研发中心门口来了个急刹车。停稳。顾风华钻出驾驶座,又打开后座车门,拽出了梁宏志。梁某人好像还是白天的那副样子,身子东摇西摆,显得神志不清。顾风华与他勾着肩搭着背,亲热无比地走着之字步,进入研发中心。

第二段,周日凌晨零点五十分开始。仍然是研发中心外景,奔驰也还停在原地。据我所知研发中心没人加班,因此顾和梁可以完全不受干扰地待在里面。但他们有何必要在此盘桓整整二十四小

Chapter.05　请让我爱你一次

时？目的何在？突然，研发中心的门开了。梁宏志从里面冲出来，顾风华紧随其后。两人就在研发中心门前的空地上，不停地指手画脚，情绪都非常激动。看起来应该是在争吵。吵着吵着梁宏志失控了，对着奔驰车又踹又踢。奇怪的是顾风华没有制止，反而抱着双臂站在一边。梁宏志发泄了好久。研发中心位置的确偏僻，这么闹腾也没引来注意。好几分钟之后，梁宏志大约也筋疲力尽了，垂头趴在奔驰的挡风玻璃上。直到此时顾风华才缓缓走上前，在梁宏志耳边说了些什么。又过了一两分钟，梁宏志的情绪像是平息下来，跟着顾风华再次返回研发中心。

　　第三段，天仍未亮。时间显示为周日凌晨三点四十分。也就是第二段视频的三小时之后。两人再次一前一后走出研发中心，梁宏志的手里还拖着个拉杆箱。顾风华先坐进车里，梁宏志的拉杆箱好像很重，努力了好几次才把它装进后备箱。就在他刚刚费力地把箱子放好的时候，顾风华突然启动了奔驰。先向前再向后，瞬时加速。梁宏志猝不及防，一下子就被撞倒了。奔驰并未刹车，反而来了个急调头，又朝地下的梁宏志辗过去。梁宏志被撞得在地上翻滚几下，躺在那里不再动弹了。这时顾风华下车走过去，弯腰察看梁宏志的状况。突然，梁宏志又从地上一跃而起。右手中闪着寒光，一下接一下，不停歇地往顾风华的身上捅过去……终于，顾风华像个纸人般软塌塌地倒下去。他的身下，大块深色的污迹晕染开来，玷污了地面。

　　"……喝口白兰地。"是成墨缘在说话。

嘴唇感到玻璃的冰凉。不管什么，我都咽下去。火辣辣的感觉从喉咙口蹿上来，我长长地吐出一口气。又活过来了。

"还有一点，要看下去吗？"他问。我点点头，但发不出声音。

第四段。梁宏志把顾风华拖进车内，又跑回楼内。不一会儿提着水桶跑出来，将水泼在地上。如此往返不下十次，深颜色的水（血水？）源源不断淌到一边的排水口里。终于，他确信血迹已被清洗干净，便将空水桶也扔进奔驰的后备厢中。梁宏志停下所有的动作，抬头望向远方。视频里背景的最远端处，原先模糊的灰色渐渐变得清透。应该是太阳快要出来了。最后梁宏志坐进驾驶位。银白色的奔驰车如同一粒子弹般地，射出了画面。

灯光亮起来。

过了好一会儿，我抬起头。"你怎么会有这些？"

"有人为我收集信息。"成墨缘说，"今天上午这些视频送到后，我思考了一整天的时间，还是决定请你过来。"

"为什么？"

"因为我想让你第一时间知道顾风华的下落。"

我苦笑："感谢你。现在我知道他死了。"

成墨缘淡淡地说："从画面上来看，应该是顾风华先对梁宏志下手，不料反被对方所害。顾臣公司这两位合伙人还真是心有灵犀啊。"

"梁宏志去哪里了？"

"我的人还在跟踪。"成墨缘往沙发背上靠了靠，乏味地回答，

Chapter.05　请让我爱你一次

"据说今天他至少开了五六百公里，忙着抛尸、弃车，连饭都没顾得上吃。目前正在近郊的一家小旅店里躲藏，休养生息吧。接下去，我想他要设法出逃。"

"你什么都知道？"

成墨缘不回答。但他的目光炯炯，盯在我脸上。

我问他："你想怎么样？"

"我？"他轻松地笑了，"我只想请你共进晚餐。"

"吃完就给我看这些。"

"之前看你还吃得下吗？"

"所以晚餐比死人更重要。"

"对我来讲，重要的是你。"

"你派人盯梢顾风华也是为了我？"

"你认为呢？"成墨缘反问。他在折磨我，而我毫无还手之力。我根本不是他的对手。如果可以，我只想倒在他的怀里痛哭一场，然后他愿意拿我怎样就怎样。要死要活都随他的便。但这是不可能的。

何不把一切都摊开来？长痛不如短痛，我总可以选择不被一刀一刀地凌迟而死。

我举起酒杯，喝了一大口白兰地。

"成先生，我知道你为什么要调查顾风华和梁宏志。"

成墨缘不置可否。

我说下去："您的项目主管宋乔西曾说，'守梦人'游戏是顾臣集团唯一值得投资的产品线。但同时，您的团队对这套产品的盈利能力表示怀疑。宋乔西表示过，'守梦人'要想真的实现盈利，还需要对产品做大幅度的升级。可问题是，'守梦人'的原创者之一纪春茂早在三年前就失踪了，至今生死未卜。虽然我们坚称另一创始人梁宏志能够独立主导产品研发，但你们并不相信这种说法。所以你安排了上周五的会议，把产品创始人梁宏志和顾风华放在一起，让他们对质。结果……"我的声音发抖了，"结果梁宏志和顾风华之间的矛盾彻底爆发了。顾风华想用'守梦人'获得你的投资，从而拯救他濒临破产的公司。梁宏志呢，他却想从中大捞一笔，因为他觉得自己才是顾臣最有价值的资产，他借此要挟顾风华。他们俩各怀鬼胎，怎么也无法达成一致。我猜，是顾风华先起了杀心。所以他假装答应梁宏志的要求，想使梁失去戒心，乘机下手。但是顾风华太大意了，他压根没料到梁宏志早就有所提防。最终，死的是顾风华。"

我又喝了一大口酒。

"少喝点。"成墨缘劝道。

我咯咯地笑起来："成先生太精明睿智了，佩服你。顾风华还一心想骗你的钱，他真是死了也活该。"

"你怎么办？"

"我？"

"是的，你。"成墨缘露出担忧的神情，语气十分坦诚，"你的老板被杀了，公司肯定会破产。我知道你在顾臣牵涉很深，有股

Chapter.05　请让我爱你一次

份……这些倒还不要紧,关键是梁宏志躲不了多久的,顾风华的死很快就会被发现。警方会介入,媒体等等肯定闹得天下大乱,到时候你怎么办?"

我瞪着他:"我又没有杀人,我怕什么!"

成墨缘叹了口气。

我贪婪地看着他的脸。那样憔悴,却又那样雍容。还有一点悲哀的神气,很像是真的——真的为了我。

只愿长梦不醒。可惜。可惜。

我问:"成先生,你手上有这些证据,为什么不立即报告给警方?"

他挑起眉毛:"我像很有正义感的样子吗?"

"不。"我老实回答。

"只要我的利益不受损害,老实说这里面的是是非非我并不关心。"

"你真坦率。"

"我不想假扮正人君子,为了牟利不择手段是商人的常态。只不过,顾风华的运气太差。"

"但是杀人……"

"杀人不一定非要夺取生命。"成墨缘用苍凉的声音说,"更多的是杀人不见血。这种情况,时时刻刻都在发生。"我知道他指的什么,我完全知道。

"成先生,你见过秀雯了吗?"

他一愣:"还……没有。"

"要不要我来安排?"

成墨缘摇摇头,笑得极苦涩:"她不想见我,我也不愿勉强她。"

我踌躇片刻,还是说了吧。"应该让你知道,沈秀雯已立志皈依天主教。"

"真的?"他很震惊。沉默片刻,才喃喃地道,"是我害了她。不幸的女人。"

"还有我,"我说,"成先生。害了沈秀雯的人不只你,还有我。是你我联合起来作的案。"

成墨缘的目光像锋利的刀子。才一瞬间,我已体无完肤。但我没有倒下。

我问他:"还记得当时发生了什么吗?十年前……"

"当然。"成墨缘像在说别人的故事,"那时我投机失败,欠下巨额债务,黑白两道都在追捕我。呵,当真是老鼠过街人人喊打的状况。我撇下妻儿,一个人隐姓埋名潜逃到上海,企图在这里开始新的生活。我遇到了沈秀雯。"

"你选中了她。"

成墨缘的声音充满嘲讽:"谁选中谁还不好说,总之我对人生又有了希望。我们开始筹划今后的小生意,甚至准备结婚。而这一切,在某一天戛然而止。"他笑得很轻松,"因为我被逮住了。香港警察不能在大陆执法,但是黑帮自有办法把我弄回去。我倒没什么,那句经典的台词是怎么说的?出来混总是要还的。可惜害苦了

Chapter.05　请让我爱你一次

沈秀雯小姐，我对不起她。"

我低下头。

"你呢？朱小姐，你又对她做了什么？你不是她最好的朋友吗？"

我又抬起头，真到了这个时刻，我已毫不慌乱。"成先生，当年正是我给香港报纸打电话，报告了你的行踪。"

他看着我，好像过了一个世纪。"所以，你才是那个最有正义感的人。"这是我听过的最刻毒的话。

我闭起眼睛，把眼泪逼回心里。"很晚了，要是没有其他事，我想告辞了。"我站起来。

成墨缘一动不动。

我默默地向门口走去，身子轻飘飘的。好像生了场大病。

"先别走，我还有话问你。"

我停下来，转过身。成墨缘的脸色白得发闷，我禁不住想起雷暴来临前的天空。

"为什么要那样做？"

我不说话。

"为什么？"

我还是不说话。

成墨缘走过来，一直逼到我跟前。

"朱燃小姐，我自问从未得罪过你。沈秀雯更是你声称最好的朋友。我想知道，你究竟出于什么目的，要那样下作地对待我们？"

"不是我也有别人。"我倔强地昂起头，事到如今，我并不指望他的原谅,但也不打算受他的侮辱。我冷静地说,"成先生自己也说了,黑社会有他们的办法。你躲得了初一,躲不了十五。早晚还是会被发现的。真到了那时,秀雯只会受伤更深。你自己在香港有妻有子,还跑到上海来向她求婚,说得跟真的似的,安的又是什么心。"

怒火在他的眼睛里猛烈地燃烧,成墨缘冷笑:"那么说,你是在维护你的朋友。"

"是,为了不让她落入流氓加骗子的陷阱!"

他扬起右手,我本能地闭起眼睛。但是——没有耳光落在脸上。

我诧异地睁开眼睛。

成墨缘审视我:"我弄不懂你。"他微微摇头,"你为什么要激怒我?"

"我没有,我只是坦白。"

"不,不对。"他仍然死盯着我,好像我的脸上埋着钻石矿,"你根本没必要向我坦白。十年前的事,只要你自己不说,谁都不能归咎到你的头上。"

"可是你已经怀疑我了。"

"仅仅是猜测而已,我并没有任何依据。"

我烦躁起来:"反正你现在知道实情了。"

他慢条斯理地说:"那么你再坦白一件事。"

"什么?"

"你是怎么发现我的底细的?"

Chapter.05　请让我爱你一次

我心里轰的一声。这聪明绝顶的家伙，最终什么都瞒不过他的。但我总得留下些东西给自己，今后还有得可回想。他也才能记得我。

我说："成先生，我对你已经没有秘密了。请放我走。"

他像一堵墙，拦住我的去路。

"让我走。"

"除非你把话说清楚。"

成墨缘的目光里有困惑，好奇，还有温柔的关怀。这让我受不了。过去，现在和将来，有关他的一切齐齐涌上心头，犹如热水兜头淋下来。我清醒过来。我与他是没有交集的，此刻如同奇遇般的心心相印，只是我的幻觉和假象。一厢情愿罢了。

"你想威胁我？"我的语气冲撞，成墨缘不禁愣了愣。

我从他的身边径直走过。

"朱燃……小姐。"他在背后唤我，有些着急。

我在门边停住："成先生，很感谢你把顾风华的下落告诉我。作为交换，我也向你坦白了一些往事。假使因此破坏了成先生的心情，我也只能抱歉。"

成墨缘皱起眉头，"朱小姐言重了。我并不是……那么狭隘的人。"他自嘲地笑了。

不，你必须是！我在心里狂叫，否则叫我怎么走出这扇门。

我坚决地说下去："成先生，不论你怎样看待我，今天我虽然坦白了，但并不打算忏悔。"

"这话你应该对沈秀雯讲。"说这句话时他不再笑。

我夺门而出。成墨缘并未送出来。

我走到街上,寒风凛冽,一辆辆轿车从我身边疾驶而过。没有空的出租车。不知家在哪个方向,我随意地沿街漫步,全身透骨冰凉。

"朱小姐。"宋乔西驾着车跟上我,"我送你回去。"我不理他。

"请上车,这里是打不到出租的。"

我没得选择,连半步都挪不动了。

车里暖气打得很足,我靠在座椅上,心中若明若暗。

"成先生特地叫我来送你。"宋乔西说。

我讥讽他:"怎么不用劳斯莱斯了?"

他瞥我一眼:"你恐怕误会成先生了。"

"我误会?"

宋乔西稍作沉默,然后像是下了决心:"以我之见,成先生非常关心你。他这次回国来亲自处理顾臣的项目。起先我一直不理解是为什么,这两天我好像找到了原因。"

我等他说下去。

"其实对顾臣的这个投资项目,我最初评估时就发现了不少问题。你们的财务数字不可信,别说是成先生,连我都看得出来。我打报告上去的时候,原以为成先生会干脆把这个项目否掉,他的作风一贯是极硬朗的。但奇怪的是,这次他不仅没有否决,反而决定亲自来上海过问。我们所有的人都很吃惊。因为一来成先生已经很

Chapter.05 请让我爱你一次

久不到国内了,二来以他的身体状况,医生严格禁止他长途旅行,可他竟为了一个完全不看好的项目做出这样的决定。当然,对老板的决定我们只有遵照执行。可就在成先生到上海后不久,又发生了一件特别的事情。这才令我对成先生的真正意图,产生了新的看法。"

难道他们发现了沈秀雯跟踪成墨缘?我不由自主地握紧拳头,但刚刚成墨缘并没有提过这个啊。

宋乔西吞吞吐吐地说:"唔,有一位景雪平先生……"

如果没有安全带绑着,我肯定从椅子上跳起来了。"景雪平?"

"我收到一封署名景雪平的邮件。不过我猜这是有人冒他的名。因为据我所知,景雪平在一年多前就已经去世了。"他停下来,有意等我的反应。

"邮件里说什么?"

"他说纪春茂并非失踪,而是被梁宏志杀害了。"

我别过头,车窗上映出我自己的脸。我扯动嘴角,窗上的面孔慢慢变形,景雪平含笑看着我,心满意足地笑……

"朱小姐,那是真的吗?"

我回头:"你问我吗?我怎么知道。"

宋乔西也不追问:"当时,我的直觉就是必须放弃顾臣的项目。内幕这样复杂,还牵扯上命案,真假暂且不说,风险太大,我们也不是没有更好的项目可投。可成先生就是不决策,还找来了私人侦探。我甚至在猜想,难道他突然对探案发生了兴趣?直到今天上午看到视频……"他叹了口气,"顾风华也算是位成功人士,最终却落得如此下场。"

"钱不是罪,贪婪才是。"我说。想起简琳,还有多多。那第一排的江景豪宅,不知贷款还清了没有。

"我也不主张报警,毕竟我们只是投资人。顾臣到了这个地步,我们避得越远越好。可我万万没想到,成先生请来了您。"

我喃喃地说:"他请我来干什么?"

"你也不知道吗?"宋乔西笑笑,"那我就更不懂了。"

成墨缘哪有那么好心。他安排今夜这顿温情脉脉的晚餐,还不是想从我嘴里套出实情。他肯定早从顾臣的资料里认出了我的名字,才会追踪至此。他对十年前的挫折耿耿于怀,来就是想弄清楚当年失足的原因。才不是为了顾臣的什么投资项目。可叹顾风华却一心想骗到成的投资,枉自送掉性命。

宋乔西一直将我送到楼下。

道别时我想起件事。"乔纳森,你刚才提到有人冒景雪平的名给你发邮件?"

"是,怎么?"

"我猜,那人可能是纪春茂的女儿。"

宋乔西皱眉:"纪春茂有女儿吗?"

"应该是私生女。"我说,"我也仅仅听到过景雪平的只言片语。详情不甚了了。仅供参考吧。"

宋乔西点点头。"多谢,那么我告辞了。"又郑重其事地加了一

Chapter.05 请让我爱你一次

句,"成先生让我关照你,有任何需要帮忙的地方,可随时与他联系。"

成墨缘真是大人物,连这种话也要手下转告。他满可以亲口跟我讲,他也可以亲自送我。他甚至可以挽留我。如果他坚持要我留下,我会的。我们的话并没有说完。但是他派出宋乔西做传声筒。

我已释然,只有在成墨缘那里我才是软弱的。抛下对他的幻想,所有自欺欺人,我仍然富有力量。今夜我把该交代的都交代了,就可以离开了。

至于景雪平,他可伤不到我。我甚至开始习惯有他的鬼魅伴随左右。他就像一条搁浅在沙滩上的鱼,时常不甘又绝望地扑腾几下,在我的鞋面溅上几滴和着血的污泥。而我,必将踏过他支离破碎的躯体,一去不回。

说起来,我和景雪平最终分手,就是从纪春茂的事情引起的。生下小轩后,我有很长一段时间精神不振,医生诊断为产后抑郁。我吃抗抑郁的药物,还定时拜访心理顾问,但都没什么成效。病因在哪里,我心里明镜一般,只是不能言说。

我既无心事业,就借口在家带孩子,成天无所事事,衣衫不整。倪双霞从乡下进城来看孙子,看不惯我的懒散,每每发起牢骚,我便乘机和她大吵一架。婆媳二人展开亘古不变的女人战争,每天都打得不亦乐乎。景雪平一味地唯唯诺诺,成天在中间受夹板气。倪双霞到底心疼儿子,每次都是她先投降,淌眼抹泪地撤回老家。她一定把这些血泪故事讲给所有认识的人听了。我的恶名因此而蜚声郊县。但不论我怎么作践自己,景雪平总是纵容我。时时处处赔着小心,低声下气的样子任谁都看不下去,有时连我都看不下去。我虽不爱他,总会良心不安,结果便对他怨上加怨。久而久之,这种强烈的情感固化下来,成为我与他之间的独特模式。

  我们就这样互相拉扯着,走过了好几个年头。小轩快到上小学的年龄,我立志要送他进最好的学校。为此要么花钱,要么托关系,这两样景雪平都办不到。几年来我没有正经上过班,只凭着大学里学的财务在沈秀雯那里帮忙,挣点儿零花钱。景雪平安于教师的职位,以一个人的收入支撑这个家。我们并不宽裕。

  与小轩同日出生的多多,其父顾风华早几年就为他定下了学位。我绝不能接受小轩比多多差。既然指望不上景雪平,我打算接受顾风华的邀约。他一直在游说我加入他的公司,为他即将进行的大扩张助力。

  景雪平不同意。他坚称顾风华的公司问题一大堆,我却不为所动。现在想来,那时候我真是鬼迷了心窍,满脑子只有顾风华承诺的股份、钱,和买下江景房后给小轩带来的学位。或者说,我是在为自己一无是处的沉闷人生,寻找一声惊雷。

  最后,还是景雪平妥协了。他决定辞去教职,自己去给顾风华打工。听到这个信儿,倪双霞专程赶来上海,好像天塌了似的又哭又闹,终归于事无补。于是她扮演新时代的祥林嫂,逢人便哭诉:我的儿子中邪了,中邪了呀。

  纪春茂和梁宏志都是景雪平在乡下的童年玩伴。两人合作开发

Chapter.05 请让我爱你一次

"守梦人"游戏，却不知如何推向市场。自己凑的启动资金已经告罄，慧龙陷入困境。当时顾风华正在满天下寻找有潜力的项目，景雪平便向他推荐了慧龙。他天真地以为，这将是桩对各方都有利的好事。那阵子当真干得热火朝天。我也满心期盼着我们家就此翻身，一步踏进富裕阶层，好与简琳比肩。直到某一天，景雪平突然失魂落魄地回到家里。说，朱燃，顾风华的事我不能再干了。

是纪春茂出事了。据景雪平对我讲，因顾风华想杀价，出损招分裂纪、梁，不料引起了二人的内讧。梁宏志为独占暴利，便对纪春茂下了毒手。景雪平始终不肯说出详情，但我还是猜出一二。纪春茂人间蒸发，景雪平则开始夜夜被噩梦纠缠，精神迅速地萎靡下去。

朱燃，那时候他恳求我，放弃吧。我们不是非要住江景房，小轩也不是非要读贵族小学。这些年来我们一家人过得挺好，为什么不能继续这样过下去？

我不能答应。既然已经走到这一步，怎可临阵脱逃？现在离开将一无所获。

但这是个无底黑洞啊！景雪平形容惨淡。他说朱燃，这样下去会毁了一切。

那就毁了吧。我看见闪电在漆黑的空中划过。心中竟有一丝快意。

我永远记得景雪平的脸，当时他空洞地笑起来。呵呵呵，朱燃，你本就想毁了这一切，对不对？

对。

……我以为今晚肯定无法入眠,谁知道刚躺下,脑子里就落下沉重的黑幕。在失去知觉前,我只来得及想到成墨缘的酒。真正的好酒值得一场真正的美梦。

我在梦中见到妈妈。她穿着鲜亮的粉色旗袍,头上高高地梳着发髻。满脸擦粉,嘴唇涂成橙红色,活像民国时代的上海女人。她既美丽又陌生。

但妈妈就是妈妈。我扑上去搂住她,不舍得松手。"妈妈,妈妈。"我叫她,"都是你逼着我嫁给景雪平。你看看现在。"

"怎么是我逼的?"她抚摸我的头发,好像我还是个小孩子。她说,"燃燃,你不记得了?是你自己选择的景雪平啊。"

"是我吗?为什么?"

"因为他爱你。"

"可是现在他恨我。"

"恨也是出于爱。"

我拼命摇头:"我不甘心,我怎么会嫁给这么一个懦弱的家伙。他爱我?他根本没有爱的能力。"

妈妈板起脸来:"燃燃,做人不能这么贪心。你要的是他的死心塌地,他做到了。你就不能再要求其他。"

"可是……"

"可是你不爱他?"

"不。"我大声宣布。

Chapter.05　请让我爱你一次

"那么应该羞愧的是你。就像你爸爸,到头来他也不敢见我。他才是真正的懦夫。"

"爸爸?"我一回头,竟然看见爸爸。哈,久违了。

记不起来多久没看到过他。爸爸老了许多,头顶完全秃了,面颊松弛地耷拉下来,满面油光。

"燃燃,听说你结婚了,恭喜恭喜啊。"他双手捧过来一个红色的信封。我看也不看。

"妈妈死了,你来不来?"

爸爸讪讪地垂下头,像个做错了事准备挨骂的小学生。

"你到底来不来?"我大光其火。

"燃燃,你……不要逼我。"

"我逼你?"我气得眼前金星乱冒。妈妈的死、我今天的处境,所有这一切的始作俑者就是他,他还作出一副无辜相。

我说:"不,你不必来了。我只想告诉你,妈妈到死也没有原谅你,而我恨你。我会恨你一辈子。"

爸爸点点头,神情茫然地像落在一个未知的星球上,所见所听的全是他无法理解的东西。他扭头走出几步,又停下来。转身对我说:"燃燃,我想来想去,我最大的错误就是没有早点离婚。那样的话,或者你妈妈还有机会,你也还有机会。"

我瞪大眼睛。这个罪人,是他把我们的生活砸得粉碎,却全然无意忏悔。他怎可以活得这样自私,又自私得这样理所当然?

我追上去,想抓住他好好理论一番。哪知扑了个空。明明已揪住衣角，他的轮廓却如石子投入的水中倒影，一圈一圈虚散至无形。

……我从床上惊起，窗帘缝中已透进日光。天大亮了。

红妹做了非常丰盛的早餐，像要弥补前段时间的懈怠，表现太过积极，让我和小轩都很不习惯。但总归是欢喜的。我想着，最后这个月里事情太多，可以多仰赖她些。

把小轩送进学校，我就去办公室找赵宁年。赵老师第一节有课，不过还能跟我交谈几分钟。我告诉他最近比较忙，可能会让保姆红妹接送小轩。

"这段时间让赵老师操心了。"我真心实意地感谢他，"多亏有你关心小轩，他的精神状态恢复得很好。"

"是我分内之事。"赵宁年的答话矜持，语气却是温和的。面对有几分姿色的女性，男人总会心软。他看起来已经不像之前那样敌意，对我的态度有明显改善。

我们并肩往校园外走去，初冬的太阳照在赵老师的头顶上，几束白发闪闪亮。怎么看赵宁年都才三十出头的年纪，真是早生华发。他应该是个好男人。

"赵老师结婚了吗？"

"啊，是。"我突然问出私人话题，赵宁年猝不及防。

"有孩子了吗？"

赵宁年的脸微微泛红了，"刚满半岁。"

"男孩还是女孩？"

"女儿。"

Chapter.05　请让我爱你一次

"啊，小棉袄好啊。"我微笑，"女儿贴心。"

"我倒更喜欢男孩子。"赵宁年说得很真诚，的确是个很好的男人。他的妻子蛮有福气。当然，这是我作为旁人的看法。当初我嫁给景雪平时，也有不少人说我好福气。毕竟景雪平是个地地道道的好人，即使到今天，我也无法否认这一点。

我说："赵老师，我想给小轩换个环境，你看怎样？"

赵宁年意外，"换环境？怎么了，是学校有哪些做得不到位吗？"他有些发急。

"不不，不是学校的问题。你做得尤其很好。"我宽解他，像大姐对小弟。"赵老师，不知你是否觉得，我们所处的环境太压抑了。一个人要追求自己真正想过的生活，实在太不容易。年纪大的也就算了。像我半生已过，再有什么特别的要求，反显得为老不尊。可是我们的孩子，比如小轩，我真的不愿意他重蹈覆辙。所以我想给他创造一个最宽广的天地，在那里他能够为所欲为。"

"没有人能够为所欲为。"赵宁年说得倒诚恳，并无嘲讽的意思。"只要置身于人类社会中，就必须学会适应和妥协。"

"但仍然要敢于追求。"

他说："追求的勇气并不来自环境，而是发自内心。对自己有信心，有自尊的人就会敢于追求。"他说得很有道理。但是道理不等于现实。

告别赵宁年，我在街边找了家早营业的咖啡馆坐下。要了一杯咖啡。看看手表，还没到九点钟。

是还得等。只是心进入不了等待的状态。反而有种大难临头的预感。手指冰冷，全身冰冷。我发现自己坐在了户外的座位上，寒风吹得头顶遮阳伞噼里啪啦响。落地玻璃橱窗里，有人在吃培根煎蛋的早餐，热气好像伸手就能抓住。只有我一个人孤单地坐在室外，与其他人分处两个世界。

想起妈妈手术时，我在手术室外等结果，也是和今天类似的心情。其实终局就摆在那里，早晚要与它面对面。

不是人在等结果，是时间把人送过去。跑不掉的，也回不了头。

九点到了。

又坚持了十分钟。我开始拨卢天敏的电话。无法接通。再拨，再拨，不停地拨。机械地、重复地做一件事，大脑并不指挥行动。实际上，我的心和脑都从身上抽离，跳脱在半空中悠悠盘旋。很慌张，又很平静。很恐惧，又很舒泰。

忽然觉得，人在濒死时的状态大致如此吧，真没什么可怕的。

卢天敏找不到了。我逐一试过所有的号码，均一无所获。再给自己的银行打电话，确认账户里的钱已经划走了。

我停止拨电话。所幸人是坐着的，全身四肢都已僵硬。我饮一口冰冷的咖啡，眼前渐渐有些模糊。朱燃，你并不是没有料到这一幕，对吗？

我还剩一件事可以做。

我开始拨打卢天敏所在公司的电话。他没有告诉过我号码，但我在网上查到并保存下来。这是我第一次打到他公司去。

Chapter.05　请让我爱你一次

电话立刻就接通了。我问卢天敏。接线员小姐用柔美的声音回答，没有这样一个人。怎么可能？我突然暴怒起来，一迭连声地质问。对方吃不消了，把电话转给一位负责客户服务的经理。他耐心地听完我的抱怨，用职业的口吻向我解释说，他们公司确实从来没有一个叫卢天敏的员工。不论是本地，还是海外分部都未曾雇佣过这么一个人。

"小姐，或许你把公司名称搞错了？"经理客气地说。

我坚决否认，我还没患痴呆症呢。

经理先生唯唯诺诺。

我说我的钱，我的五百万转到你公司了。你们不能不承认啊！

他更加为难地说，不可能的。公司所有来往户头都由财务经手，每一笔账都有登记。小姐，你能把账号和户名报给我吗？我再去找财务查查。

我心里有数，真的有数。只是，有些事情必须要做。就像跑马拉松最后的撞线，没有那一下，漫漫长路就不会到头。

我报出账号和户名。

电话那头安静了片刻。然后，经理先生用微妙的语调说："小姐，你所说的是一个私人账户。公司的款项往来必须使用公司账号，这是规则，想必你也懂的。"

是。我怎么会不懂？

"小姐，小姐？"那头在说，"还有什么我可以帮忙的吗？"

"不了，谢谢。"

我挂断电话，静了好一会儿。各种画面在眼前晃来晃去，全是卢天敏的笑脸。我也笑起来，止都止不住。直到系着黑围裙的招待俯身在我跟前。"小姐，你有什么事吗？"年轻男孩的脸都吓白了。

"没事。"我说，还是停不下笑。笑得泪花迸出眼角。

我站起来，笔直地朝前走。不防街沿有个坡度，脚下一绊，便双膝跪倒下来。好几只手臂伸过来，把我拖起。陌生人的声音在耳边此起彼伏，我一一谢过，只想快些摆脱他们。

终于躲回到自己的车里。在这个封闭的小世界里，神气又定下来。心里并不是那么悲哀，只有惆怅。就像在最后一秒错失了末班车，独自一人看着车影消失的那种失落感——都走了，只抛下我。

还是想笑。卢天敏分明是个老练的骗子。但在我这个骗局的最后，他几乎是被我逼迫着完成的。他给了我多少暗示、露出多少破绽，哪怕是头猪也该警醒了吧。

我眼睁睁地奉上自己，让他做刀俎。

曾经问卢天敏是否爱我。如今想来，更应该问他是否恨我。良心折磨、自我怀疑——身为一个职业骗子的他肯定痛恨这些。而我都让他经历了，所以他绝对恨死我了。

想到这里，我的心便没有那么痛不可挡了。呵，麻醉剂还挺有效。

还有什么可做的？报警？需要经过多少程序、等待和麻烦，才有可能找回我的五百万？更大的可能性是，人抓到了，钱没了。而我的事迹广为传播。离异的寂寞中年妇女被小白脸骗财骗色，多么

Chapter.05　请让我爱你一次

香艳狗血的谈资。

　　脑子里冷不丁蹦出成墨缘的话——死,可以,但别死得太难看。

　　我把臂肘支在方向盘上,睡意一阵阵地涌上来。真累啊,太久都没有好好睡一觉。什么都不想了,我只求一场好睡,能睡到地老天荒才好。

　　我撑着最后一口气把车开回家。这个严格来说已经不属于我的家。进门,空无一人,红妹不知所踪。但打扫得窗明几净。我倒在客厅的长沙发上,连走回卧室的力气也没有了。

　　终于可以闭上眼睛。黑暗扑过来时,我满足地长吁口气。

　　睡得真香甜。

　　谁都没来打搅我。爸爸、妈妈、景雪平、卢天敏、沈秀雯,成墨缘。所有人都识相地躲得远远的,允我安眠——你们每一个人,终归都是爱我的,多多少少。对吗?

　　我被手机的嘶叫吵醒时,窗外已暮色暗沉。

　　"喂,是小轩妈妈吗?"

　　"赵老师。"我坐起来。

　　"小轩到家了吗?"

　　"小轩……"我茫然四顾,"没有。几点了?我是不是该去接……"

　　"小轩被你家保姆接走了。"赵宁年的语气罕见地不安。

　　"红妹?几时?"

　　"一个小时前!"

　　我呆住。从学校到家走路半小时,打车最多十分钟。

"他们没有回来……"嗓子干得冒烟。

赵宁年急道:"因为你早上恰好关照过,保姆来接小轩时我就放行了。可我总觉得那小保姆的神色有点怪,后来越回想越担心……"

手机掉到地上。我看见茶几上端端正正放着一张折起来的纸。我拿起来,展开。纸在我手上抖个不停。

小学生样的幼稚字迹。"太太,红妹走了。红妹实在没办法,对不住您了。再见。"

天旋地转,我倒在沙发上。

赵宁年还在手机里喊叫。我木然地搁到耳边。

"小轩妈妈,你别急。我这就出发去找,学校里、周围、沿途到你家,我一路找过来。你要是能想起什么线索,立即打我电话。"

顿时又安静下来,我抱着双肩缩在沙发上。脑子里只有一个念头:小轩,我什么都可以不要,但我不能失去小轩。

谁也不能夺走我的小轩!

我跳起来,抓起车钥匙奔出房门。我知道的,我知道去哪里找我的儿子。

车冲出小区大门时,正巧看到赵宁年。他认出了我的车子,朝这边奔过来。我猛踩油门,从他的面前呼啸而过。

一路上我什么都不想,只是疾驶,风驰电掣。

佳园小区。

就是这里,半新不旧的小区,半新不旧的公寓楼。我随便找个位置把车停好。太熟悉了,这里的一草一木、一砖一石。就算凭空

Chapter.05 请让我爱你一次

来场大地震,我也能从满地废墟中找到方向。

我径直走向前方这栋六层楼的门厅。

我曾经在此生活好几年,小轩在这里出生长大。离婚时,我就是被景雪平从这里赶走的。已经有三年多未再回来。这里,便是我与景雪平曾经的家。

还没到晚饭时间,楼道里静悄悄、空荡荡的。我悄悄地拾级而上,像一个满怀期待的贼。三楼,靠右第一户。从里面飘出饭菜的香气。房门虚掩着,我推开门。

"是小轩吗?小轩来啦?"倪双霞叫唤着从里屋走出来。看见我,愣在当地。我也看着她。

我们两人对峙了几秒钟。

突然我控制不住自己了。我扑上去,扯住倪双霞的衣服前襟,狂喊:"小轩在哪儿?你快说,小轩呢?!"我拼命摇晃倪双霞,像个疯子似地吼着,"死老太婆,你还我儿子,把小轩交出来!"

倪双霞说:"小轩不在……我……没……"

"就是你!"我用出全身力气推她。

倪双霞踉跄地向后坐倒在地上。我喊:"是你要抢走小轩,你休想!我死也不会让你得逞的!"

"这是报应。朱燃,我说过你早晚要遭报应的!你害死了我的儿子,你不得好死!"突然,倪双霞的咆哮中断了。她从地上爬起来,摇摇晃晃地朝门口跑,边跑边叫:"别进来,快走!小轩快跑!"

白色的人影在楼道里一闪而过。倪双霞夺门而出,跑到楼梯口。我紧随其后。她还在叫:"走啊,快走啊!"忽然脚下踩空,我伸手去抓她的衣服却没抓着。倪双霞就在我眼前翻滚而下。重重地跌在下层楼梯平台上,一动不动了。

　　我呆在原地,俯瞰倪双霞的身体。她半蜷着,小小的,很像童话书里的老巫婆。在她的身旁,站着一个人。

　　白璐。

　　"她死了。"白璐仰起脸来,对我说。

　　我等她一步步走上来。"都是你,对不对?"我说,"所有的事情,都是你做的。"

　　她沉默。

　　"为什么?"

　　她依旧沉默。

　　"是景雪平吗?他设下计划报复我,你替他执行。"

　　"随你怎么想。"

　　"你们不会成功的。"

　　"是吗?"她挥一挥手机,"刚才那一幕我都录下来了,你还是想想怎么为自己辩护吧。"

　　"小轩在哪儿?"我只关心这个。

　　白璐倨傲地笑起来,"想知道吗?你来求我,我就告诉你。"

　　我扬起右手,用尽全力打她一个耳光。白璐的半边脸立刻肿起来。红色的血丝从唇边渗出,如一条蜿蜒爬行的红色蚯蚓。

　　"小轩!"我狂喊一声,失去了知觉。

Chapter.05　请让我爱你一次

……铃声隐隐约约在耳边盘旋，好像一根细线牵拉神志。我在冰冷的水泥地上挪动身体。摸到手袋，从里面掏出手机。是小轩的号码！

　　我瞬时清醒。

　　"小轩妈妈！"耳朵里传来的是赵宁年的声音，兴奋莫名，"我找到小轩了！"

　　"在哪里？他怎么样？"

　　"他没事，没事，就在我这里，在我身边。"赵宁年忙着解释，"噢，是这样的。我一路没发现小轩，就赶回去学校再找。刚巧碰上一个工友，说有个孩子在学校的健身房里昏倒了，好像是我班上的。我赶紧奔过去，一看果然是小轩。这孩子当时已经醒过来了，就是迷迷糊糊的神志不清。我把他抱到学校医务室，校医检查说没大问题，应该是误服了某种麻醉剂，好在剂量不大，才一会儿工夫小轩就基本正常了……"

　　"我要和小轩讲话，让我和小轩讲话。"

　　"妈妈！"耳里涌进来小轩清朗朗的叫声，我的眼泪夺眶而出。真正是喜极而泣。

　　"妈妈，你在哪儿？"

　　"你好吗宝贝？"我几乎泣不成声。

　　"好呀，妈妈，我没事！你来接我吗？我饿了呀。"

　　我冷静下来，让小轩把手机交给赵宁年。

　　"赵老师，谢谢你找到小轩。我……" 有些话真难以启齿。

赵宁年不觉异常，满心欢喜地回答："哪里，都是应该的。我送小轩回家吧，具体情况你再问他？"

"赵老师，有件事要再麻烦你。今晚能不能让小轩住你家？"

"我家？"赵宁年很意外，"小轩妈妈你？"

"我有些急事要办，今天晚上不在上海。真的很不好意思，但我实在没其他人可以拜托。赵老师，请你无论如何帮帮忙。"

手机里有片刻安静，但我知道他会答应。虽然满腹狐疑，赵宁年还是会挺身而出，他是个难得的好青年。并且，他对我们母子有切实的同情。

"好的，没问题。不过你自己跟小轩说？"

"那是自然。"

我对小轩说妈妈临时要出差，今晚他只能暂住赵老师家。

"去老师家住啊？"小轩拖长了声音说，我都能看见他骨碌碌转动的黑眼珠。但是他马上就高兴起来，"好呀，赵老师可以单独辅导我作文了。"

我笑，"别太打扰老师，一定要乖，给妈妈挣面子。晚上十点必须睡觉。明天我再和你联系。"

"是的，妈妈！"

小轩安排好了。我长长地松了口气。

但没有时间多回味了。楼道下已有人出现，看到倪双霞的尸体，惊叫声骤起。各种喧哗，楼上、楼下，所有的门背后都冒出人来。顷刻乱作一团。

Chapter.05　请让我爱你一次

没人注意到我，我及时地退回到家里。

呵，再熟悉不过的地方。我关牢房门，像乌龟缩进壳里，竟有无法言传的安全感。这窗、这地、这桌椅，我一样样看过去。当初曾经那么憎恶，恨不得一把火烧干净的所有，今天看来只是亲切。

景雪平把一切维持原状，使我产生错觉，仿佛从没离开过。

这个地方敞开胸怀接纳我，好似在对我说：回来吧，回到家就安逸了，别再管外面春秋冬夏。是啊。这是为我准备好的墓穴，我曾因害怕而逃跑过，并付出惨痛的代价。今天，我又自己回来了。

门外的吵嚷声越来越响，很快就会有人认出倪双霞，并且找到这户来。到时候我就插翅难飞了。必须赶快行动。

我去洗手间梳洗一番，重新化了妆，整理衣衫。所有我当初没来得及带走的东西，包括衣服、化妆品，甚至牙刷、梳子和香水都在原位，使用起来得心应手。景雪平实在周到。

镜中的我风霜尽显，但确乎是美的。我想，我从没这么美丽过。只有当幽灵返回生前的躯壳时，才会有这般瞬间的绝美。此时、此地，因缘际会，我会利用好这段回光返照的时光。

辛德瑞拉了解，平生她只有一次机会。

我打开房门，径直走下楼梯。倪双霞还躺在过道里，周围已经挤满了人。我从他们的身边经过，扬长而去。

但我仍然估计不足。

到会所的电梯里时，我才发现没有门卡根本无法去任何楼层。去他的富豪派头，高高在上，恨不得与世隔绝才好。

成墨缘的名片还藏在皮夹的最里层，终于等到动用它的时刻。

"喂？"

声音听起来有点陌生，我开口："成先生……"

"对不起，成先生抱歉不能接电话。请问您是？"

我呆住。

"你是……朱燃小姐吗？"原来是宋乔西，当真无所不在的忠仆。

我说是，我就在楼下，想见成墨缘。不知他是否方便见我？

时间不多了。

宋乔西说："你等一下。"稍顷，"成先生请您上来。"

我再进电梯时，它立刻自动上行，宛如行云流水。难怪权势和金钱令人向往，被它们控制是件多么惬意的事情，就像置身童话世界。我心如止水，任凭这徐徐运作的电梯送我进入幻境。

宋乔西在电梯口等我，立刻为我打开房门。

"成先生在卧室。请您过去。"他说。

"他怎么样？"

"他好多了。"年轻人友善地笑笑，自己退出门外。

成墨缘靠在床上，见到我便露出笑容。

我到床边坐下。

"真巧，我还想请你来呢。"他说，精神还不错。

我紧紧握住他伸过来的右手，一切都那么自然，我们好像熟识了许多许多年。

谁说不是呢？

Chapter.05　请让我爱你一次

我问他:"出什么事了?"

"饮酒过量,心脏出问题。"

"活该。"

"你你。"他摇头微笑,"还从来没人这样说我。"

"他们不敢。"

"他们? 谁是他们?"

"医生、护士、随从、部下、情人、成太太、成公子、成小姐……"我一一历数。

"这么多人,"他笑着打断我,"怎么一个都见不到?"

"让你赶跑了。"

"哦? 我为什么要赶走他们?"

"因为你讨厌他们,"我说,"每一个人。"

成墨缘深深地注视我许久,说:"朱小姐,我们险些不能再见。"

"不会的,"我勉强挤出一个笑容,"成先生撑得住,我了解你。"

"你究竟有多了解我?"他问得意味深长。

"我了解你已逾二十年。"

他的眼睛里划过一道闪电。这次我迎上去,没有躲避。

"成先生,我有个很长的故事。不知你是否有兴趣听一听?"

他不置可否,但目光炯炯。

"喝酒吗?"我问。

他抬抬手:"你自己倒吧,抱歉我不能起来。"

我给自己倒了一杯威士忌,替成墨缘端去一杯清水,放在他手边的柜上。

他的酒都这么好，像丝绒一般滑过舌苔，从嘴到胃均是熨帖的滋味。为此大醉一场也是值得的。

我开始讲了。

"曾经有一个女孩，二十年前她还在念大学。她长得不算坏，所以追求者众多，但这姑娘个性高傲，看不上周边的男孩。她认为他们乳臭未干，缺乏内涵。其实她只是被宠坏了，对送上门来的爱情不屑一顾。如果要问她究竟想要什么样的人、什么样的爱，她也未必说得清楚。当然她还年轻，有的是时间蹉跎。

"事情发生在她二年级上，离二十岁生日还有半年的时候。某日，学生会通知她有个暑期勤工俭学的机会，为一家外资商行担任翻译。女孩的家庭条件很好，不需要额外的生活补贴，但她很看重这个机会。学生对社会总是充满好奇，何况能见识外资商行的运作，在二十年前的中国还算件稀罕事。许多人参与竞争，她经过严格的笔试和面试，过关斩将才最终入选。

"女孩去上班了。商行在当时上海最高档的波特曼酒店办公，光这点就让她兴奋不已。要知道每一个女人都是虚荣的，她亦不能免俗。去之后她才知道，这家商行的主营是从全球各地代理奢侈品进入中国，包括烟、酒、服装和化妆品等等。二十年以后的今天，所有这些对国人来说已属平常，可在当初，真是叫人大开眼界、眼热心跳的新鲜事物。商行的业务非常兴旺，有大量的文字工作要做。除了正式雇员之外，像女孩这样的临时工和实习生也有许多名。置

Chapter.05　请让我爱你一次

身其中，女孩头一次感觉到自己的平凡，甚至卑微。商行的员工们，不论男女，人人都美丽而时髦；不分国籍，一律讲英语，彼此称呼亨利或者玛丽亚。而最让女孩眼花缭乱的，是公司经营的产品。雪茄、红白葡萄酒、威士忌、XO、纪梵希、杰尼亚……都是她从没见过的漂亮东西。呵，请别笑话女孩的浅薄土气，每一个从那个年代走过来的人，都曾在心里体验过那种艳羡。对美好、优雅、精致和高贵的向往，本就是人的天性，谁又愿意永远生活在粗鄙和简陋之中。总之，女孩像漫游奇境的爱丽丝，完全被这个新世界征服了。

"新世界有一位年轻的国王，大家都叫他阿历克斯。阿历克斯的身份是商行老板，从见到阿历克斯的第一眼起，女孩就开始偷偷地崇拜他。不必强调阿历克斯的英俊、风度，单单将他当作新世界的化身，就足够让女孩为之沉醉了。更何况，他身上实实在在的魅力，几乎超越了女孩想象力的边界。她狂热而又无望地爱上了他。但是，阿历克斯那样忙碌，身边又总是围绕着许多人。光是女朋友就数不胜数，每一个又都那么光彩照人。虽然女孩每天都能看见阿历克斯，但直到暑期工快结束时，她都没有机会和他说上一句话。

"本来，一段暗恋最好的结局是无疾而终。可上帝没有给女孩全身而退的机会。就在暑期工的最后一周，阿历克斯遇上难题。公司新引入一种极高档的雪茄烟，可是阿历克斯对广告公司拍摄的宣传海报怎么也不满意。这天女孩加班，晚饭时间早就过了，阿历克斯还在开会发脾气。女孩奉命买来比萨送进会议室。正当她悄然退出时，突然阿历克斯叫住了她。

"你是谁？他问女孩。旁边有人代为回答，她是大学暑期工，叫朱什么……朱丽叶！阿历克斯抢过话头，你就叫朱丽叶吧。又对摄影师说，让她试试，用她来拍广告。我？女孩惊得张口结舌。就是你，你愿意吗？朱丽叶？他的笑容像微风，从触不可及的遥远彼岸吹过来，在女孩的心中激起一圈又一圈的涟漪。

"当然愿意。

"拍摄的地点在一座铁桥上，是阿历克斯亲自挑选的。女孩穿的白衬衫和黑长裙，也是他决定的。拍摄之初并不顺利，女孩全无经验，更不懂自己的形象如何能和雪茄烟联系起来。大半天拍下来，女孩身心俱疲，摄影师抱怨连连。

"拍摄暂停，阿历克斯来到铁桥上，站在女孩身边。他点起一支雪茄，望着对岸那片拥挤的棚户区。他说朱丽叶，你看那个地方，肮脏穷困逼仄，人在其中连呼吸都不顺畅。我要你想象自己就出身于此，从小最大的渴望就是脱离它。你要用你的双眼看见梦想，看心中的未来。

"新世界，女孩在心里说。再拍摄时，她只看阿历克斯，用眼睛，也用心。摄影师喜出望外，简直拍得停不下来。海报很快就制作完成了，被挂在本市当时最高档的百货楼外。女孩看见自己的头足足占去三层楼，怎么也不敢相信，自己竟然可以美得如此巨大。

"海报上写着：极之渴望，终有所得。女孩弄不懂这话和雪茄烟有什么关系。她只想到暑期工结束了。临别时，阿历克斯给她发了

Chapter.05　请让我爱你一次

个大大的红包，狡黠地笑问，告诉我朱丽叶，拍摄时你在看什么，才能呈现出那么完美的表情。

"告诉你就能梦想成真吗？或许，他回答。女孩鼓足勇气说，我在看你。啊哈。他好看地挑起眉毛，仍然在笑。女孩突然意识到，这是他们之间最后一次交谈，从此他将从她的生活中彻底消失。而这，是她万万不能接受的。她好像面对悬崖，生死在此一跃。于是她说，我想再见到你，可以吗？阿历克斯不回答。女孩急得几乎要昏过去，含着眼泪说求求你。

"朱丽叶你是多么天真。阿历克斯终于说话了。太天真？女孩不明白他的意思，这究竟算拒绝还是应允呢？他看着挂在会议室墙上的小幅海报，继续说，我喜欢那座铁桥，常常会去那里看看。假如你还想见我，也可以经常过去，说不定哪天就见到我。不过，我希望再见时，你已经长大了，足够成熟。

"这是他对她说的最后一句话。女孩铭记于心，从此便常去铁桥附近流连。精诚所至，几个月后她真的又见到了阿历克斯。女孩欣喜若狂地迎过去，他却从她的面前走过，仿佛完全不认识她。此时女孩才发现，阿历克斯的臂肘间挎着一个美艳的女子。一次、两次，同样的情形又发生了好几遍。女孩明白了，阿历克斯当初的约定只是一时兴起，纯粹出于同情的托词而已。

"对他而言她什么都不是，早就抛到九霄云外去了。

"女孩不再去铁桥，她还要保留一点点可怜的自尊。但是此后不论命运将她带到何处，她的心从未离开过那里。她像海报中那样，固执地紧盯着那个人。她甚至定期去市立图书馆，查阅香港的报纸和杂志。因为阿历克斯在当地是个小有名气的青年才俊，偶尔会有关于他的消息诉之报端。和女明星拍拖啦，开新店啦，拍下名画啦，与富豪之女结婚、生子，直到破产，欠下巨额债务，被追捕……她如饥似渴地寻觅有关他的消息，就此对他的一切了如指掌。这个习惯她坚持了好多年，却始终——极之渴求，一无所获。"

我停下来。一下子讲太多话，好渴。所幸杯中尚有美酒。我痛饮一口。最纯粹的寂静，从外向内缓缓渗透。我闭起眼睛来享受。

一只手轻轻抚上我的面颊。"朱丽叶。"

我把嘴唇贴在他的掌心里。

"但还有一件事我不明白——为什么十年前，我在铁桥遇到的是沈秀雯小姐，而不是你？"

"因为我怂恿她在附近开了家小店铺，这样便有理由常常去那里看她。"

"你看看你。"成墨缘连连摇头。

"我已想好赎罪的方法。"我说，"我欠下的债我自会偿还。十年前我的的确确是嫉妒得发疯了。你不记得我，你选择了她。这两件事都叫我恨透了自己，也恨透了你们。我一直在想，假如当时我没有结婚，没有怀孩子，我无论如何要抓住你。即使你负债累累，即使你被通缉，我都会跟在你身边。可是，你连表白的机会都没给我。"

"没有用的。"

Chapter.05　请让我爱你一次

"什么？"

成墨缘缓缓地说："十年前我选择沈秀雯，是因为我相信她可以陪我过苦日子。那段时间我的人生走入绝境，想换一条路重新开始。我所设想的新生活很简单，平凡无趣，像世上绝大多数人一样生老病死，毫无意义地度过一生。沈秀雯小姐才最合适。"

"我也可以。"

"不，朱丽叶。你不行。"他还是摇头。

我很懊丧，到现在还争论这些实无必要，可我就是忍不住要懊丧。

"当然我的计划被你阻断了。"成墨缘含笑说，语气平静，纯粹叙述事实，没有半点责备的意思。"之后我曾庆幸没有耽误沈小姐一生。谁又能想到她……唉，终究是我的错。"

"我知道秀雯并不怪你，况且此事我也有责任。"

"不不。"他说，"症结还在我的身上。没有女人是应该过苦日子的，我怎么可以为这个理由向她求婚。这不是爱，这是自私。"

"我倒希望你能对我自私。"

他看着我，"朱丽叶，对你我是最自私的。"声音温柔至极。

我勉强地笑，"你对哪个女人不自私？"

"其他女人。"成墨缘挑起眉毛，"我对女人一向是最慷慨的。"

"她们都得到想要的了？"我又忍不住嫉妒起来。

"她们都得到了支票。"

"没有人得到你？"

成墨缘回答："只有你想得到我，朱丽叶，只有你。"

我的脑海中一片空无。余音袅袅，他的话降落在我的心上，像小鸟轻轻扇动翅膀。我伸不出手去，生怕一碰就飞走了。

我从来没有想过，他是真正懂我的人。我怎敢奢望这点。

许久许久，我抬起头。"可你就是不要我，怎么都不要我。二十年前你忽略我，十年前你回避我，今天……"

"今天我就要死了。"他淡淡地说。

我轻声叫起来："不，你不会的。"

"每个人都会死。"

"是的，但不是现在。你看你现在，多么成功、多么富有。你还有大把的好时光。"

成墨缘的笑容里都是讥讽："陋室空堂，当年笏满床。知道我为什么转做投资吗？"

我不解。

"反正是为他人做嫁衣裳嘛。何不做个彻底？赌博输起来更快，但比较起来，没有我现在做的这么有趣味。"

是呵，这不还发现了凶杀案，诱我说出保守了二十年的秘密……确实有趣味。有钱人多的是，狠角色也见过。但在我的眼中，唯成墨缘与众不同。因为在气魄之外，他还有种刻骨的自嘲。哪怕死到临头，成墨缘也保持着幽默感。他是真的不把自己当回事。

我给自己倒满酒，举起来，"咱们干一杯？"

他用清水和我碰杯。

Chapter.05　请让我爱你一次

"干杯。"

我们都一饮而尽。

"趁我还记得,告诉你个秘密。"成墨缘以手抚额,脸色变得很差。他累了。"成墨缘是我的本名。"

"那阿历克斯?"

"英文名而已。十年前遭受挫折时,我决定用回本名。铁桥后面,就是我出生成长的地方。你曾问过我的父母,他们生于斯死于斯,是最底层的贫民。"

我的心跳骤停——我要你想象自己就出身于此,从小最大的渴望就是脱离它。你要用你的双眼看见梦想,看心中的未来。

极之渴望,终有所得。

明白了,全明白了。

成墨缘闭起眼睛,手垂下来。我小心翼翼地扶他躺好,低声说:"我走了。"

他没有半点反应,睡眠中的面孔松弛,像一张摊开的纸。因历久岁月,已经泛黄发皱了。

在我眼里,这是一张光明磊落的罪人的脸。所以分外洁净,分外亲切。

我最后再看成墨缘一眼。吻一吻他的手,起身离开。

头很晕,不知道还能撑多久。我在电梯里取出手机,输入信息:"去找秀雯阿姨。妈妈永远爱你。"电梯门开启时,我按下发送键。明天一早小轩打开手机时,将会看到这条信息。

小轩，我在这世上最后的牵挂。妈妈对不起你。

走出会所大门，寒风扑面而来。已是深夜，马路上车流湍急，人行街面上只有我一人在走。这里是本市最高尚的区域，人们不需要步行。

这样才好。

我大步走着，酒意不断涌上来。我深知自己一路歪斜，反正也没人看得见。我咯咯地高声笑起来，多么畅快。

风打在脸上，全是凉津津的湿意。是下雨了吗？我抬头看天，没有月亮没有星星，墨黑的空中只有一片片的灰光。呵，原来是下雪。今年的第一场雪。

但我丝毫不觉得冷，身体像一团烈火，随时要爆裂开来。我扯掉围巾，甩脱大衣，手袋扔在身后，连高跟鞋都蹬掉，赤足踏在雪水横流的地上。

除去所有的束缚，我轻盈得像一片羽毛，飞起来，飞起来……

天地混沌如初，正好永眠。

Chapter. 06
梦的尽头，爱的谜底

我没有死。

事后回想，我至少犯了两个错。

在往成墨缘的水里投安眠药时，我曾纠结再三。两片的剂量足够让他沉睡一晚，但我担心他身子虚弱，心脏负荷不了会出意外，为求安全所以只放了一片。结果我刚一离开，成墨缘就短暂清醒过来，并立刻通知了宋乔西。

同时，我在给自己下药的时候又太贪心。在旧家找到满满一瓶安眠药，还是当初景雪平因为纪春茂的失踪精神崩溃，去精神科就诊时拿回的药。他并没有吃几片就扔下了。那天我在洗手间的小药柜里找出来，带在身边去见成墨缘。我下了必死的决心，所以把一整瓶药都倒进自己的酒中。但偏偏没有想到，药性伴随酒精发挥得更快更猛，我离开会所后，只走出几百米，便一头栽倒在雪地上。结果，紧跟而来寻人的宋乔西很快就在街头发现了我。

而最命中注定的是，会所里有成墨缘的随身医疗小队。他们对我实施了第一时间的紧急救治。我当然死不成了。

我在医院里昏睡足足三天三夜。一切生理指标均已恢复正常，就是无法唤醒。

Chapter.06　梦的尽头，爱的谜底

这种现象也是存在的。我后来听说，当时经验丰富的主治医生向旁人解释，在某些病人、尤其是自杀者身上会出现此类潜意识主导的昏迷。因为病人不愿面对现实，即使寻死不成功，能暂时逃避一下也是好的。

但我到底还是醒来了。除略感虚弱之外，身体已基本无恙。小轩扑上来，死死搂住我，好半天不肯放手。我亦热泪盈眶——可怜的孩子，吓坏了他。

不过看到妈妈痊愈，小轩很快就又开心起来。赵宁年以我突发急病来搪塞孩子，并且三天来都把小轩留住在自己家中照顾，很好地安抚了小轩的情绪。

沈秀雯告诉我，我刚一出事宋乔西就联系了她。恰好赵宁年的电话也打过来，两人一起赶到医院，匆匆商议后就做了分工。沈秀雯留在医院里盯我的情况，赵宁年则负责照顾小轩。小轩根本没见到我的"遗言"。因为赵老师和宋乔西一样，喜欢管着别人的手机。

我打心底里感谢赵宁年。小轩简直离不开他了，言必称赵老师，把他的话当圣旨。我这个妈妈倒要靠边站了。

不论赵宁年、宋乔西还是沈秀雯，都仿佛约好了似的，一致对我的自杀保持缄默。唯有沈秀雯在接我出院时暗示，朱燃你可别再想随便撇下小轩，那孩子经不起打击了。别担心，我坚定地向她表白。我是景小轩的妈妈，我会对他尽责到底。

人就是这样奇怪，现在我真连半点求死的念头都没有了。或者说，我已死过一次。够了。

我只是向沈秀雯提出，是否可以暂住她家。

又要麻烦你了。我颇感无地自容。没事，你想住多久就住多久。秀雯对我仍然一片赤诚，甚至比过去更加无私。她没有问我，为何不回自己的家；我也没有问她，三天来是否有机会见过成墨缘。再好的朋友也该有各自的秘密，我们曾经不懂的道理，如今总该学乖了。

都这么大把年纪了，再不成熟实谓可耻。

在秀雯家住了几天，这日小轩放学回来说："妈妈，多多今天没来上学。前几天他跟我说爸爸不见了，多多妈妈还报了警，天天在家里哭。同学们都在传，警察叔叔找到多多爸爸了，可他已经被人杀死了。"

我愣了半晌，才想起来问："赵老师怎么说？"

"赵老师叫我们不要瞎议论。他说对朋友应该当面关心，而不是在背后议论。"

我真心感慨小轩的运气。好老师是可遇而不可求的。

"妈妈，我们什么时候回家？"小轩问。

"想家了？"

"也不是……"小轩转了转眼珠，"回家可以去看多多。"

所以人只要活着，现实问题就永远像座山挡在路上，绕是绕不过去的。

次日我送小轩上学后，便返回江景小区的家中。坐在客厅里，江笛隐约可闻，一切如昨，仿佛什么都不曾发生过。

Chapter.06 梦的尽头，爱的谜底

除了我之外，没人知道卢天敏的存在。他就像一个美丽的气泡，永远消失在我的梦境中，只留下残破的记忆。我心里清楚，即使这些零碎的记忆也保持不了多久。毕竟，我不恨他。爱或恨都属于强烈的情感，卢天敏对我则像踏雪飞鸿，有惆怅，有遗憾，无懊悔，无爱恨。

说穿了，卢天敏是我借来圆梦的，只不过代价太大了些。他唯一令我怀念的，便是那副酷似当年阿历克斯的背影。他还未开口，我已心动。事情就是如此简单。

所以我不恨他。

我开始收拾物品。在心中已策划过许多次，哪些东西带走、哪些东西处理掉、哪些东西干脆丢弃。我一人动手，有条不紊地干着，倒也平静。离开是必然的，早就接受了这个事实。如今我烦恼的是——去哪里？

因为没有答案，所以就先不去想。自古至今，人类就是凭着这般得过且过的乐观精神，度过无数劫难而绵延。

天无绝人之路。我一边安慰自己，一边兴致勃勃地干活。

门铃响。

竟然是两个警察。一老一少。来得真够巧的。

进门后，两人很自然地落座。年长者眼神犀利如电，不停歇地扫视屋内每个角落。满地纸盒、物品、箱笼，肯定无一遗漏。年轻者态度谦和，负责盘问我。

他们是为倪双霞的死而来的。年轻警察向我表示，他们对倪双霞与我的关系已了如指掌。倪双霞死前在等待孙子上门团聚,而我是竭力反对他们祖孙见面的。所以年轻警察问我,那天下午是否到过佳园小区。

不,我没有去过。

当时你在哪里?我的孩子被保姆带走,我在到处找孩子。找了一下午?是,我当时几乎急疯了,生怕孩子出意外,去了许多地方找。有人证明吗?没有,我一个人找的。找到了吗?最后是孩子的班主任找到的。你去接孩子了?不。为什么?因为我有个重要的约会。难道你连孩子都不管了?孩子没事,我也就放心了。我把他托付给孩子的班主任照管,很安全。

年轻警察追问:"你的重要约会是什么?"

我深深地吸了口气:"这是隐私,恕我无可奉告。"

年长者竖起眉毛:"你有责任配合调查。"

"约会发生在你们所说的倪双霞死亡之后,与调查无关。"

两人默默交换了下眼神。

还是换年轻人开口:"朱女士,那天你为什么没有去佳园小区找孩子?那里毕竟是你的家。按常理推断,你那么多地方都去找了,不该遗漏佳园小区。"

"佳园小区只是我过去的家。"我冷淡地说,"你们既然做了详尽的调查,就应该知道我与前夫离婚时,夫妻共有财产包括那套房子都归了我前夫景雪平。景雪平一年多前因病去世,我想他肯定把房子遗赠给了倪双霞,所以倪双霞才能住在里面。我不仅自己从不踏

Chapter.06 梦的尽头,爱的谜底

足那里,也绝对禁止小轩去。何况我的保姆从未去过佳园小区,所以我根本不认为景小轩会去那里。"

年轻警察皱了皱眉:"朱女士,你不知道景雪平把佳园小区的房子遗赠给你?"

"什么?"我以为自己听错了。

"他在死前做了公证,把佳园小区的房产转赠给你。还有他名下的所有存款、现金、有价证券。他把一切都留给了你。"

我真的万万没有想到。

怎么会这样?离婚时景雪平把我逼得走投无路,只好同意他拿走所有财产。可到头来,他竟又原封不动地还给我?他留一部分给小轩我还能理解,但是给我……我们毕竟已恩断义绝。更蹊跷的是,他做这些还瞒着我,

这究竟是怎么回事?

我茫然地抬起眼睛:"我的确一点儿都没听说过。你们是不是弄错了?"

老者不耐烦了:"朱女士,我们办事是讲证据的。所以你讲话最好也实事求是,千万别耍花招,或者抱有侥幸心理。"

我别转头。

年轻警察说:"朱女士,我们有证据证明,那天下午你的确去过佳园小区,为了房产或孩子的事与倪双霞产生纠纷,并导致她的死亡。"

他的话太有策略了。我的内心只要有一丝恐慌或者犹豫,都会

被牢牢抓住。

"不。"我斩钉截铁地回答,"我从离婚搬出后就再没有回过佳园小区,更没有和倪双霞发生过什么纠纷。你们要是有真凭实据,完全可以逮捕我、起诉我。否则,就请立刻离开我的家,我还有很多事要忙。"

他们走了。我仰面倒在沙发上。心跳好久才平缓下来。

不,我并非老奸巨猾的惯犯。我能打赢这一回合,是有人事先关照过我了。

就在小轩带回多多停学消息的前一天,我接到宋乔西的电话。他约我喝咖啡,有些话不便在电话里谈。

宋乔西带给我顾风华的最新消息。简琳报案后,警方很快就核实,在市郊一条河道中发现的无名尸体正是顾风华。现已将梁宏志锁定为重大嫌疑人,展开全国追捕。不出意外的话,梁宏志很快就会落网。到时候,梁宏志、纪春茂和顾风华之间的纠葛必将水落石出。但顾臣集团是垮定了。

这些天好多员工和供应商在闹事,要求支付薪水和清偿欠款。高管们都成了泥菩萨,根本无人出头主持局面。也有不少人见势不妙,偷偷各自开溜。

我想起白璐。自我从昏迷中醒来,就再没听任何人提起她。她在干什么?难道也离开了?

宋乔西倒是对顾风华案件的调查过程如数家珍。我揶揄他,你们到底是投资人还是侦探所?嘴里开着玩笑,心里控制不住地思

Chapter.06 梦的尽头,爱的谜底

念——那个人。

宋乔西笑,"我瞎起劲罢了。只不过在公安系统里有些熟人,能打听到一些消息。"

"对了朱小姐,我还听说件事。那天下午在佳园小区,有个叫倪双霞的老太在楼道里跌死了。她和你有些关系吧?"

"她是我前夫的母亲。"我的心抽紧了,"怎么了?"

宋乔西很轻松地说,公安局里有人怀疑这事不是单纯的意外,但又找不到突破口。因为出事那段时间楼里恰好没什么人出入,所以找不到目击者。更凑巧的是,从那个时段到晚上的小区监控录像全部失灵,什么都没录下来。现场又被看热闹的邻居破坏了。指纹脚印乱作一团,警方连一点有效的证据都采集不到,都快愁死了……直到分手宋乔西还在感叹,现在的侦探多没用,离开技术手段就一筹莫展。人类越来越依赖科技,今后的神探大概都换成机器人了。

会面始终,宋乔西没有提过成墨缘。但已充分转达信息——有人在保护我。所以警察的突然袭击不可能奏效。我的坚定信心,缘自我对保护人的全盘信任。二十年了,我终于可以把命交托在他手中。当然不会有半点犹豫。

我沉浸在幻梦成真的喜悦中,根本没有想一想,倪双霞之死唯一的目击者是白璐。宋乔西以及他背后的成墨缘,只可能从白璐那里得到确切的消息。

是我已经放弃了自主。之前所有的斟酌、计较、盘算和策划都以失败告终。我还是听天由命比较好。人强不过命,女人强不过男人。

目前我只操心一件事——为小轩和我自己找一处新家。其实答案就在眼前,但……我犹豫着。

可是时间不等人,一个月很快就要过去,再不做决定我与小轩便只能露宿街头。这个月中再无警察来找麻烦,看来倪双霞的事情已无须担心。

我决定与景小轩摊牌。

可巧,这天放学回家,小轩主动和我谈起:"妈妈,多多转学了。"

"转学?他要去哪里?"

"赵老师说,多多妈妈要把家搬到外地去,所以多多不能再在我们学校里了。"

其实这些天我也有耳闻,顾风华死后,顾臣集团的账务遭到各方清查,公司破产已成定局。不知简琳能保住多少私人财产。但显然,江景豪宅是住不下去了。我很感慨,财富如过眼云烟,在我们身上真实演出,这种沉浮,也只能算咎由自取了。

我冲口而出:"小轩,我们也搬家吧?"

小轩急道:"我不要去澳大利亚。"小脸涨得通红。

"不是澳大利亚。"我连忙解释,"小轩,我们回家去住,好不好?"

"回家?"孩子的眼睛黑白分明,直直地盯在我脸上。

我才意识到自己的用词,是啊——"回家。"

Chapter.06　梦的尽头,爱的谜底

小轩思索片刻,"妈妈,你愿意回家吗?"

"我?"真没想到孩子会这么问

"你和爸爸总在家里吵架。我不喜欢看到你哭。"啊,他全记得。离婚时小轩才七岁,他竟然把我和景雪平的决裂记得这样清楚。

我努力地挤出笑容:"小轩,家里没有人和妈妈吵架了。"

小轩又思索片刻,眉间像成人般皱出"川"字。最后做出结论:"那我们就回家去。"

我闭起眼睛,把小轩紧紧搂在怀里。

当夜,小轩钻入我的被窝。这孩子已满十岁,今后母子相拥的机会越来越少。他终将长大,我必然老去。我和景雪平是最不称职的父母,给孩子带来太多不应有的烦恼。我们罪不可恕。

……那时,景雪平死活不肯再参与顾风华的生意。而我却像鬼迷了心窍一般,满脑子只有股份、佣金、江景房和小轩的贵族学校。我和景雪平自成夫妻以来,所有的暗流涌动到那时终成水火之态。但我们还未彻底吵翻,因为景雪平不和我吵。不管我怎么找碴,他只是忍受。

但他悄悄做了一件事:去找顾风华辞了职。听到消息时,我清楚地感到盘踞心头已久的小魔鬼迅速膨胀。强大到连我自己也无法控制它了。

我也没有同景雪平吵架,我只是告诉他一件往事——

我对景雪平谈起大二时参加的一次勤工俭学。我告诉他,那是我平生第一次,也是唯一一次真正爱上一个人。但是那个人不爱我。何尝不爱，他甚至没有认真留意过我。我在单相思中尝遍仰慕、自卑、嫉妒和不甘的种种滋味，执念却越种越深。当我终于鼓起勇气，主动乞求对方的眷顾时，他却轻飘飘地抛下一句话，让我在足够成熟后再去找他。

怎样才算足够成熟？那年方二十岁的我想不通，也猜不透。可是解不开这个谜，我就不能再去见他。思念折磨得我快发疯了，我实在忍耐不住，只能找最好的朋友商量。沈秀雯倒愿意帮忙。可我坚决不肯将心事和盘托出。我说得半遮半掩，她听得云里雾里。唯有一样——何谓女人的成熟？沈秀雯从她倒背如流的那些西方爱情小说找到了答案。带着羞涩和惶恐，她将嘴唇凑在我耳边说出来，满面通红。

我的心沉下去，又提起来。呵，二十岁的女人，到底也不是那么青涩无知。单看看他身边的女人们，那许多妖艳多姿，一举一动的媚态绝非无中生有。要与她们竞争，除非能把自己的短板拔长？

我就是容易走火入魔。女人嘛，早晚总有这一天。那时节我轻易就说服了自己。只需要找个合适的人，事后能保守秘密，也不至于挟以自重。未来见面势必尴尬，要想避就避得开才好。

还能有谁呢？景雪平——总是他。只有他。

事情就这样发生了。但我并未如愿发生重大改变，最可笑的是，此后我再没见到我所爱慕的人。听说他去欧美开展业务了。

沈秀雯从此觉得对不起我。这些年来，她无怨无悔地陪在我身边，很大程度上也是因为这件事。这个漆黑的秘密，成为我与沈秀

Chapter.06 梦的尽头，爱的谜底

雯之间的毒瘤。

我保有自尊的唯一方法，就是从此避开那个被我选中的人。

我没有算到，我有一天会和他结婚。我更没有算到，这件事使我在他面前抬不起头，因为他始终坚信我对他有爱，却不知道我从第一天起就利用了他——

我的话音未落，景雪平就动了手。那是他第一次打我，也是最后一次。他一边吼叫，一边落泪，一边殴打。

朱燃你这个蠢货、蠢货！你为什么这样傻！

景雪平两眼血红，像头发疯的野兽。我逃出家门，再没有回去过。

景雪平从那时起就脱了人形，我们很快办完离婚手续。他要走一切，我没有和他争。

怎会想到还有今天？

为谨慎起见，我再去房产登记处核实。佳园小区确在我名下。银行里也有属于我的十几万存款。我与小轩的生活算得上绝处逢生。

不过庆幸之余，我又想起个问题。警方怀疑倪双霞的死与房产归属有关，假使我现在就搬回佳园小区，不是间接佐证了他们的怀疑吗？

我连忙给宋乔西去了电话。

他很快约我见面，直截了当地要我去向警方坦白事发经过。

可是之前不是这么安排的……我感到非常意外。

宋乔西解释说，这种事往往越描越黑，还是讲实话最安全。何况，倪双霞本来就是失足摔死的，无须担忧。

警察会相信我吗？

会。宋乔西的安慰温和而有力，你放心吧。

我再一次信任了他。

他开车送我到公安局。我当真做了回奉公守法的好公民，把那天下午发生在佳园小区的一切和盘托出。

警察问，之前为什么不说？

因为我害怕。

没有任何人为难我。我在打印出来的供述上签了名，就顺顺当当地离开了。

就这么完了？

坐上宋乔西的车，我还有些迷糊。

是呀。宋说，警察办案讲证据嘛。他们或许已经找到证明你清白的线索了。

我还不明白，什么样的证据呢？

他只是微笑。

我懂了，在这件事上我不需要忧虑，更不需要思考。

尘埃落定。

在约定的交房期限前两天，我带着小轩正式搬离江景公寓，回到了我们最初居住的房子里。旧居中一切如昨，仿佛只是远途旅游后的回归。

方懂物是人非。

Chapter.06　梦的尽头，爱的谜底

回到佳园小区，起初也不是全无顾忌的。景雪平和倪双霞都已过世，倪双霞还死在楼道里。刚开始那个月，每次上楼我都有些寒飕飕的感觉。夜深人静的时候，更会在似梦非梦中突然惊醒，心悸得不行。认真回想，却又找不到曾有人入梦的痕迹。

时间一天一天过去，不论景雪平还是倪双霞，都不曾骚扰过我们。我渐渐相信，他们并未打算与我们为敌。或者，是看在小轩的面子上吧。又过了些日子，我听说倪双霞的骨灰被乡下的远房外甥领走，应该是去入土为安了。

当天夜里，我在家里为倪双霞上了一炷香，叫小轩也一起来拜一拜奶奶。

还是那句话。对倪双霞，我承认有待其刻薄之处，但我不忏悔。因为自始至终，我并没有对不起她。

在佳园小区的旧家里，我和小轩重新开始生活。对小轩来讲，唯一的不便是离学校远了。所以我保留了车子，每天接送小轩上下学。来回各半小时的车程，成了我们母子交流的最佳时机。我接手了沈秀雯的保健品生意，退租店面，在家附近租了个简易的写字间。找来顾臣的两个程序员做开发，又留下几个原先的雇员当在线客服，就这样把生意搬到了网上。成本节约了，业务量却有增无减，效益其实比在沈秀雯手里更好。我每月按比例给沈秀雯分成，保证她的生活来源。不过如今她的开销相当有限，钱只是存在银行里。按秀雯的意思，今后会定期定额捐给教会。我经常带小轩去看望秀雯，每次和她相聚都是愉快的经历。今天的沈秀雯，一举一动中都带着信念的光。人消瘦了不少，皮肤好得叫人羡慕。她变得前未有过的美丽，但这种美不会引发任何欲念，只让人感到慈祥，甚至圣洁。我不得不承认，沈秀雯大概真的找到了生活的意义。

卢天敏彻底销声匿迹了。对我来讲，这其实是恩惠。另一个不知所踪的人是白璐。顾臣集团清算时我去过几次，也没听到有关她的消息。大厦将倾，谁还能注意到一个临时雇员。白璐的来和她的走一样，飘忽、神秘。红妹倒是给我打过一次电话，哭哭啼啼地恳求我原谅。我好言安慰她几句，想问问小轩失踪那天到底发生了什么，她就忙忙地把电话挂断了。看样子仍然心有余悸。

梁宏志很快就被抓捕归案，对杀害顾风华和纪春茂的事实供认不讳。在研发中心小楼外的草地下，挖出了纪春茂的白骨。据梁宏志供述，杀纪春茂是为了独霸"守梦人"游戏，杀顾风华则是不愿再受他的鸟气。按他的原话，就顾风华这种徒有其表的家伙，仗着借来的几张臭钱，居然对他老梁处处颐指气使拿他当奴才使唤。他实在咽不下这口气。还不如我灭了你，大家干净。

以上消息均来自神通广大的宋乔西。他偶尔请我喝咖啡，每次总是滔滔不绝地向我通报这个那个。看来只要有他来定时更新，我就能足不出户，执掌天下要闻。不过他从没提起过成墨缘。他不说，我便不问。我心里清楚，即使问也是问不出来的。宋乔西只听老板的吩咐。

呵，成墨缘老板。转眼又快一年没见到他了。二十年来，我对他有极度渴望的时候，也有怅然若失的时候，但都不像现在，所有

Chapter.06　梦的尽头，爱的谜底

起伏跌宕的情感,转化为一种平和、深刻的思念。

我终于学会听天由命。

既然当成墨缘是天,我就不再期待抓住他。只要抬起头能看见他的影子,低下头能感觉到他的眷顾。就足够了。

人无奢望,自会安乐。

直到——又一个冬夜。

手机突然响起。柔和的乐曲,却让我从沙发上直跳起来。很久不曾这样惊慌了。那是即刻寒侵入骨的可怕预感。

"喂?"

电话那头悄然无声,我听见自己的牙齿相叩。

"喂?说话呀!你是谁?"我叫起来。

"是我呀——乔纳森。"

"啊,乔纳森……"我并没松弛下来。宋乔西不会无缘无故深夜来电,何况他的嗓音太奇怪……我干咽着口水,静待下文。

"朱燃,成先生去世了。"

我没有回答,听不懂的话,怎么答复。

"成先生去世了。"宋乔西还真体贴,又重复一遍。

"几时?"我终于想出该说什么。

"刚刚,呃……一小时前。太突然了,所以大家都很混乱,我这才有机会通知你。"宋乔西哽住,我听见了实实在在的悲痛。

所以,是真的了。

心口有一线细微的痛,像刚点燃的火柴,突突地跳。我用力按在胸上，压住，不让它疾速发展成燎原之势。

宋乔西低低地说："是心脏病突发。他去时很安详的。"

我长长地吐出一口气——那么他得偿所愿了，死得体面。

"那就好。"此言一出，眼泪跟着涌出。心口的痛骤然爆发，痛彻全身。

整夜无眠。我躺在床上，反反复复地想着死这回事。妈妈死时，我悲哀。景雪平死时，我恐惧。可就是成墨缘的死，我想不通。二十年来，我把他当梦想当信仰当劫难当孽缘，但我从来没想过他也会死。

成墨缘死了，像我们每个人一样，生命走到终点。可是，他怎么会和我们每个人一样呢？我爱他，因为他在我心中犹如神祇一般的存在。他使我摆脱人生的庸常世俗和卑贱屈辱。连他也死了，我还有什么盼头。

我的梦完了。

所剩唯有悔恨。那天我怎么可以走得那样干脆，我应该陪在他身边的，哪怕仅仅是一个晚上。成墨缘也会死的，他自己亲口告诉过我！

在浑浑噩噩中度过几天，宋乔西约我见面。说有些话要交代。

地点定在怀旧区的咖啡馆，凭窗正好俯瞰铁桥。是宋乔西提议，我没有意见。我已万念俱灰，还怕什么触景生情。

最后一次来铁桥，正是跟踪沈秀雯遇上成墨缘的那次。今日再来，发现对岸的荒地上已热热闹闹地开工了。沿着围墙搭起高高的

Chapter.06　梦的尽头，爱的谜底

护网，吊塔的长臂直插云霄。铁桥也被全部遮盖起来，像在进行修缮的工程。

这座城市里，每天都有无数起类似的毁坏和新建，早就司空见惯了。

我到早了。宋乔西来电道歉，说有事耽搁，请我先坐坐。我自然没问题，一动不如一静，正好可以独自再看看这座桥。也算不上缅怀，因为心已经空了。

"朱总。"

我抬起头，来人在我对面坐下。白皙的鹅蛋脸整整小了一圈，眼睛显得更黑更大，活像个日本偶人。白璐。

我还是头一次看她穿一身黑。长发披肩，没有扎马尾辫。她好像在同一段时间里既变老，又年轻了。

"是你啊，好久不见。"我说。

"家里住得还愉快？"

"托你的福。"

她没有接我的话，板着脸，垂下眼睑。我突然意识到，这种沉默里充满倨傲，远非我过去所以为的乖巧。

我说："既然来了，干脆把话说说清楚吧。"

她又抬起头来，这一次满脸是挑衅。

"你真的是纪春茂的女儿？"我问出萦绕心头许久的问题。

白璐的眸子里星光一闪，答："真有趣，成先生第一次见我，问的也是这句话。"

"成先生?"

她缓缓点头。

我心中哗的一声,像有层黑幕被撕下来,连带着皮肉,生疼生疼。

"你第一次见成先生,是什么时候?"

"就是向他报告你害死倪双霞的时候。"

"你知道我没有害死倪双霞!"

"我不知道。"

我刚要发火,转念又笑了,"他不相信你。"多么明显的事情,几乎被她摆一道。

"他信的!"这下轮到白璐发急了。

"他不信,他还让你为我去做证了。"我终于明白,为什么警方最终放过了我。这么说来,我还应该感谢白璐呢。

我问她:"你是怎么回答成先生的?"

白璐安静下来,眼神悠远。过了片刻,才开口说:"在我从小长大的养老院里,只有一位姓纪的老爷爷,他是那里的厨子。三年前,有个叫纪春茂的人到养老院来,找到纪爷爷,向他要回自己寄养在养老院的女儿。爷爷告诉纪春茂,他的女儿养不到五岁就病死了。爷爷还骂纪春茂,说他为了自己的前程抛下家人,现在发财了才想着回来找,太晚了。纪春茂只好灰溜溜地走了,走时说还要再回来找女儿的,因为他觉得爷爷在骗他。不过,他并没有再回来。"

窗外传来一阵喧哗,工地护墙前围起一大圈人,好像要做什么

Chapter.06　梦的尽头,爱的谜底

施工。铁桥下也簇拥起看热闹的人群。

我们这里仍然安静,就像躲在包厢看戏。

白璐揉了揉鼻子,继续说:"虽然纪春茂没来,却来了另外一个人。"她看着我,嘴角微微翘起,"你知道是谁吧?"

景雪平。

我禁不住闭一闭眼睛,鼻腔酸涩。

"他也是来找纪春茂的女儿的。可是不管他怎么恳求,纪爷爷还是原来的那些话。景雪平一点儿办法也没有。但他没有像纪春茂转头就走,他在养老院住下来。而且,他来的时候就生了重病,住下之后越病越厉害,结果就干脆走不了了……这个景雪平,真是个怪人。"白璐又翘起嘴角,年轻女孩做这种表情是很俏皮的,在她的脸上却有种特别的沧桑。仿佛看破红尘。

"老人家们都不待见这个外来的,催着纪爷爷把他送走,可他就是不说家在哪里,我们也没处送他。这一下子就住了好久。起初他还跟我们解释,说自己对不起朋友,害了纪春茂。他知道老纪一直惦记要找到女儿,所以来帮他实现心愿。但是他自己的身体太糟糕了,很快就下不了床。我只好服侍他。他每天躺在床上,从早到晚不睡觉,干瞪着眼。起初他很沉默,一整天也说不了几个字。我能看出他难受极了,不光身上,连心里也很难受,但他就是哼都不哼一声。可是到后来,他整个人都病迷糊了,就开始不停地讲话。"她尖锐地瞥我一眼,说出这段长篇大论的结语,"他说的全都是你。"

我摇头。我一直以为,白璐是在为纪春茂报仇。我做梦都想不到，她是为了景雪平。

"是景雪平让你报复我？"

"不！"她的脸一下子涨红了，"他只让我帮忙做一件事——把提前写好的生日卡片送给小轩。他说，他肯定见不到儿子过十岁生日了，但他不想小轩这么快就忘记爸爸。"

"后来那些事……"

"后来？后来我就是觉得倪奶奶太可怜，小轩太可怜，所以才想办法安排他们见面。我没有做什么特别的事，是你自己慌了手脚。你知道景雪平说你什么？他说你是天底下最蠢的女人，只会自欺欺人。他说他到最后才想明白，对你再好也是没用的，他把他的心全都挖给你了，反而吓跑了你。所以他决定让你恨他，恨透他，因为只有这样你才会记住他……他还说，你早晚会把自己的一切都折腾光的，到那时候你还得回家。所以他要把家和钱管好，永远等着你回去。"

我不想在白璐面前流泪，但是泪水不由我做主。

"现在哭太晚了吧。"她想做出不屑的样子，却和我一样不成功，脸上全是凄惶。

我从桌上捡起纸巾，慢慢拭去泪水。"你说完了？"

白璐不吱声。

我开始讲："谢谢你告诉我这些。对景雪平最后的光景，我不是不关心的。可我一直找不到人问。现在，不论是悲是喜，总之我都了解了。这份心事，也终于可以了了。"心口痛得说不下去，我深深

Chapter.06 梦的尽头，爱的谜底

地吸一口气,"我还要谢谢你,陪景雪平走完最后一程。本该是我的事,却让你承担了。所以更要谢你。"

白璐想说什么,我做了个手势阻止她。我还没有说完。

我说:"但是——"多少真相隐藏在"但是"这堵墙后。一万支利箭已经架好,我从容地将弓弦拉到最满。

"但是我和景雪平之间的恩恩怨怨,你没有资格来说三道四。我和景雪平,我们同窗、恋爱、结婚、生子,我们把大半生耗在彼此身上。我给了他最好的,也给了他最坏的。他也一样,把所有我对他做的恶,行的善,分毫不缺地都还给我。二十多年了,我们的血和肉早就和在一起,搅过无数遍,根本就分不开。所以,他至死都念着我。宁愿我恨他,也不肯放过我。"

箭雨缤纷,悉数落下。我看清自己的心,遍布血洞,千疮百孔,像一只火红的蜂窝。这也是景雪平的心。因为样子太狰狞、太恐怖,当他把心剖给我时,我无论如何都接受不了。其实我接受不了的,正是我自己的心。人世间就是存在这种感情,靠着彼此伤害来维系。折磨越痛,爱得越深。

终于敢面对真相。

可是太晚了。

白璐脸色煞白。她吓坏了,毕竟还年轻。"我要走了。"她嚅嗫。

"你还没回答我,"我向她微笑,"你究竟是不是纪春茂的女儿?"

白璐噘起嘴唇,像小学生在回答问题:"那次我对成先生讲,我从小在养老院长大。没有父母,没有亲人,连名字都是纪爷爷随口给我取的。从懂事起，我就学会了服侍这些爷爷、奶奶们。特别是老人过世的时候，总是我陪在他们身边。老人们讲，看着我年轻的脸，他们咽气也能咽得轻松些。所以，虽然从小到大看过好多次临终，但我一点儿不害怕死。因为老人家都走得特别安详。我总是觉得，他们是去过更快乐的日子去了。可是景雪平来过之后，一切都变了。从他的身上，我头一次看见死的痛苦，那么多不甘心、悔恨，还有留恋……我才知道，原来人生这样苦。苦得叫人根本无法承受。过去，我从没想过要离开养老院，因为那里是我的家，除了养老院我不知还能到哪里去。可是景雪平死后，我在养老院就再也待不下去了。我不想再给任何人送终，我不想再看见死亡！"

白璐的声音直发颤。我情不自禁地伸出手，轻轻抚摸她的面颊。不论她曾经对我做过什么，此时此刻我都能理解，都能原谅了。可怜的孩子。

"我去跟纪爷爷讲，我要走。爷爷想了一整晚，太阳出来时他对我说，原本他是不舍得我走的，因为他也想要我给他送终。但是他想通了。我还是应该走。他说孩子走吧，走得越远越好，永远也别再回来。就算哪一天你回来，爷爷也不会认你。"

她的泪静静地落下，滴在我的手背上。有些冷，也有些热。

"还有最后一个问题。"

她等着。

"是你给我打电话，说景雪平要见我最后一面的？"

她默认了。

Chapter.06　梦的尽头，爱的谜底

"可是那时景雪平已经死了。"我盯住白璐的眼睛,"你打电话的目的究竟是什么?"

她昂起头,轻轻扯动嘴角:"吓吓你。"

——笑容,像黑色的花朵在脸上悠悠绽放。

"你们……"

宋乔西站在桌边,困惑又热忱地看看我,看看白璐。

白璐腾地站起来,"我在外面等你。"便头也不回地冲出去。

宋乔西摇着头,坐在白璐刚才的位子上。

"你还好吗?"他问得很真诚。

"好。"

宋乔西轻轻叹息一声:"成先生走得太突然了。"

"你在他身边吗?"

"在,我们都在。"

"我们?"

"我和白璐。"宋乔西的脸突然红了红。

"白璐?"我一阵恍惚,"为什么是她?"

"因为……因为成先生需要人服侍,他又讨厌看见那些医生和护士。白璐挺合适的。"

原来如此。

总是如此。弯道超越不需要特别的技巧,只要领跑的人够傻就行了。

我本来就够傻。连景雪平都这么认为。

我点一点头："应该的。"

"其实最近这段时间，成先生一口气做了许多事情。我们都太大意了！"宋乔西的懊悔是发自内心的，眼圈一下子就红了，"对面那块地，他买下来好久了，半年前突然决定要开发，而且事必躬亲。我也搞不懂，成先生怎么兴致这样高。可是看到他精神状况那么好，又替他高兴。唉，早知道会出意外，我无论如何要拦着他的。结果项目倒是进展神速，半年就完成了规划和设计，马上就能开工了。前些天成先生还高兴地跟我讲，这个项目是他多年的心愿，真想能亲眼看它建成。他说要给这座大厦命名为朱丽叶，还说要亲自为大厦揭幕……"

我没有听见宋后面的话，我的魂魄已经飞散。

——朱丽叶。

"朱小姐，你没事吧？"

我回过神来，看见宋乔西焦急的脸。

"你今天叫我来，是要说什么？"我问他。

宋乔西跳起来，大力推开窗户。

"看，朱小姐，你看外面。"

一幅巨大的海报，不知何时起，已悬挂在高耸的工地护围外。画面中，一座漆黑的铁桥之畔，白衣黑裙的女子，目光深远，像在寻觅着什么。风，自此岸起，吹进海报里面，扬起她的裙裾。

"极之渴望，终有所得。"我一字一句地念出来。

"拍得真好是不是？"宋乔西兴奋地问。

Chapter.06　梦的尽头，爱的谜底

我没有说话。

宋乔西太激动了，自顾自地说下去："我刚才就在指挥挂这个。没想到放大了效果这样好。不过还在做小样的时候，就已经有广告公司来打听模特儿是谁了。白璐干这行会非常有前途的。我打算做她的经纪人呢。成先生真有眼光。"

我揉一揉昏花的老眼。是啊，那海报上的女子，分明就是白璐。确实有眼光。

"我还计划让白璐把名字改回去，改成原先的白鹭。做模特儿的艺名白鹭更好。朱小姐你说呢？"

"原先的什么？"我问得像个傻瓜。

"就是'一行白鹭上青天'的那个白鹭啊。养老院旁的湿地盛产这种鸟，所以她才叫白鹭的。纪白鹭。呵，改成现在这个'璐'是我的临时想法。"

"你的？"

"最初她找到我，说要查清父亲纪春茂的下落。我觉得应该帮她，所以设法把她安排进了顾臣。改名字是为了不引人注意。真叫原来那个'白鹭'的话，就太特别了。"宋乔西看着我，腼腆而歉意地笑了。

他实在不必抱歉。

宋乔西又说："朱小姐，这幅海报是成先生亲自安排拍摄的。他手上有张珍藏了好多年的样照，只肯给摄影师看。我实在好奇，就乘他不注意偷看了一眼。"宋乔西露出孩子般的调皮神情，将声音压得低低的,"那上面的人就是你,对吗?"

我还能说什么。

"成先生刚一过世,所有的东西就立即被律师接管了。他那些继承人简直和狼没什么区别。我曾经想找到那张样照,但是很可惜……不过我觉得,请你看这幅新海报也是一样的。"多么热切的神情,真不忍心扫他的兴。

我承认:"我很高兴看到这个。谢谢你。"

宋乔西兀自喃喃:"成先生也会高兴的,你说呢?"

是的,那是肯定的。

黄昏了,灯一盏接一盏亮起来。我道别宋乔西,从铁桥下走过,去停车场。巨幅海报就在我的头顶上,被寒风吹得扑棱棱作响。

我停下来,仰起头。海报上女郎的目光穿透时间,穿透生死,那么坚定、无畏。只因她相信即便人心深似海,只要坚守住这份渴望,就有海枯石烂见真心的那一天。

有朝一日,她将成为传奇。

她不是我。

快五点了,我加快脚步。要赶去学校接小轩,到家还得做晚饭。单身母亲的日子既简单又劳碌。想到小轩,我的心便如古井,再无半分波澜。

我的生命中已经没有渴望,今后我只为小轩活着。

哦,我一直忘记说,小轩长得和景雪平越来越相像了。

Chapter.06 梦的尽头,爱的谜底

番外之一

差不多十年前吧。

即使在上海,去新旺茶餐厅吃饭和泡星巴克咖啡馆一样,在当时还是时髦男女的专属。这一点从店中客人的衣着打扮,行为举止就能看出来。他们吃饭时的腔调,就仿佛干炒牛河、白灼芥兰、黑加白奶茶也是某种优越身份的象征。

真的在那个年代,满足感还是相对廉价的。

不过在靠窗的这桌,面对而坐的一男一女的身上,并没有从毛孔向外倾泻的作秀欲。他们确实是在专注地商量事情,心无旁骛。两人的穿着也较质朴,不像常在高级写字楼出入的白领那么装模作样。

男子大概三十刚出头的年纪。褐色衬衣灰薄夹克,搭配得是有点老气,但他从鬓角到领口,再到眼神,无一处不清爽,和沉闷的服装两相映衬,反显出清澈的沉静。

世上真有气质这回事,在他身上点石成金。

此刻他略倾着上半身,正满脸诚恳地说:"秀雯,这事无论如何拜托你了。"明显不惯求人,自己先涨红了半张脸。

圆润面孔,唇红齿白的沈秀雯,看起来比他还要小几岁。即使蹙起眉头，她的形象依旧是温婉的。

她挺为难："我不是不想帮忙，可我怕……"

"一定要替我想想办法。秀雯，你知道我没别人可求。"

沈秀雯把真丝围巾的一角缠在手指上，绕来绕去："景雪平，当初结婚时你也没送过朱燃什么像样的礼物，怎么现在突然想起来啦？"

"唉，那时情况特殊……"景雪平支吾着。他和朱燃结婚的内情，大概没人比沈秀雯更清楚，实在无须多言。朱燃以母丧为由，拒绝一切形式的婚庆礼仪。他自己的母亲倪双霞那时赌着气，连电话都不肯打一个。他们草草地成了家，朱燃并没真正地当过新娘。为此，他总感到深深的歉疚。

不是没想过补偿。或请三五好友，补办个婚礼；或出国旅游度个蜜月；哪怕补拍一套婚纱照，在他的想象中穿上洁白婚纱的朱燃，必定会美得令所有人心醉诚服……然而连提都不能向朱燃提。每次刚一开头，她就焦躁不安。也就谈不下去了。

他知道为什么，所以愈发惆怅。那是不能揭的疮疤，从她的心里长进他的心里。任何一次牵动，痛就在他们之间传来传去。像块火炭似的，烧了好几年，反而越烧越旺。直到今天——

他要做父亲了。

转眼朱燃已怀孕七个月。此前种种波折一言难尽，总算都有惊无险地过来了。就连他母亲也放下宿怨，赶来上海照顾孕妇。今后还要伺候月子，这一住起码得半年吧。

番外之一

但是，景雪平依然见不到朱燃的笑容。随着孕期渐入尾声，她丰腴了，行动也变得迟缓，不复过去咄咄逼人的刻薄劲。取而代之的是一种失焦般的沉默。景雪平感到惶恐，他情愿她挑衅攻击，至少还能肯定她还与他在一起。他更害怕她陷落到自己的世界里，那才是对他真正的抛弃。

"顾风华也真是，挑这个时候搬家。"沈秀雯说，"他老婆也快生了吧？"

"是，和朱燃差不多预产期。"

"他就不怕新装修房子有污染？"

景雪平没吱声。沈秀雯想，这便是他厚道的地方，从不肯轻易贬损他人。沈秀雯自己对顾风华的作风很不感冒：趋炎附势娶高干之女；生意稍有起色便大肆铺张；孩子还没出生呢，就急赤白眼搬进江景豪宅，恨不得一脚踏入上流社会。

还要学洋派，搞什么暖房大Party。

其实无利不起早，生意人的炫耀也是一种社交手段。沈秀雯对此既不懂也没兴趣。问题是朱燃也接到了请柬。就是从那一刻起，她的生命之火又突然旺盛起来。表面上她没有特别的表示，但景雪平就是察觉到了，他的脑袋随之发热，旋即滚烫。

今天景雪平约见沈秀雯，是想请她帮忙买一件首饰。

他解释说，因为现实的情况，参加Party时朱燃不可能在服装上争锋，只有靠佩戴的首饰出奇制胜了。

沈秀雯觉得颇不可思议："喂，真是你想出来的主意？"

景雪平再次面红耳赤，吭哧了半天说："其实是我自己一直想……当初我连结婚戒指都没买给朱燃。"

是她自己不要。倪双霞得知儿媳怀孕后，曾把早准备好的一整套黄金首饰交给儿子，算是迟到的彩礼。朱燃只看了一眼，就扔进衣橱最里面。那些东西确实土气，景雪平也明白她不可能喜欢。

"秀雯，你最知道朱燃的喜好。挑洋气些，高贵些的……多花点钱也没关系。"景雪平费劲地说着他完全不在行的内容。"我只想她开心。"听上去朱燃像个多么虚荣的女人，但偏偏她不是。他和沈秀雯都心知肚明。

秀雯不禁恻然。

"买什么样的好呢？一般的她肯定看不上。"她思索着，"你打算花多少钱？"

"五千？一万？"景雪平在沈秀雯的目光下如受酷刑，"两万……五万？"他终于露出带着分惨淡的笑容。"我这些年总共积攒了十多万。为生孩子总要留出一些，拿十万块买首饰，够了吗？"

"你疯啦！"

可不是疯了嘛。

在沈秀雯眼里，朱燃和景雪平就是一对疯子。起初是她疯得多些，而他后来居上。但是沈秀雯爱朱燃，还爱屋及乌地同情着景雪平。

一直以来，沈秀雯对朱燃抱着愧疚，进而将朱燃的幸福视为己任。尤其是，近来沈秀雯自己的生活发生了些变化，使她更在意朱

番外之一

燃的婚姻质量了。

假如一件首饰真能给朱燃和景雪平带去幸福,她沈秀雯定当赴汤蹈火。

她就怀着这么一份心思逛起了南京路、淮海路、徐家汇……每家首饰店都不放过。结果却一无所获。略微看得过眼的都价格不菲,但也不能真让景雪平拿出全部家当来买条项链啊!他倒是做得出这种事情,可沈秀雯无法同意。

他们的孩子再有两三个月就要呱呱坠地了。花钱的地方还多着呢。

直到坐在餐厅一角的雅座等人时,沈秀雯的脑子里还全是这些事。

"秀雯,对不起,我来晚了。"

她几乎跳起来。来人轻轻抚一抚她的肩,"是我。"淡淡戏谑的语调,仿佛在说,瞧你这大惊小怪的样子。

她愣愣地看着他。是,他们已经认识好几个月了,关系一步一步走到今天这样密切,所有进展都是那么自然,充满说服力。可每次见到他,她总好像突然跌入梦中,连自身都失去真实感。

就如此刻。沈秀雯再以初见般的眼光打量成墨缘,还是困惑——这么难得的人,怎么会对自己青睐?

她不敢相信,更害怕怀疑。

"你今天是怎么了?魂不守舍的。"成墨缘开玩笑地说。他的态度总是这样从容,对她又有着特别的体恤之情。看沈秀雯窘迫的样子,他便替她作答,"大概是我挑的这个餐厅不好。人太多,太嘈杂。"

沈秀雯茫然四顾,其实她压根没注意周边的环境。经成墨缘一提,倒觉得满眼缤纷,是分外奢华的地方。确实不像他的风格。自相识以来,他们一般都在铁桥附近活动。成墨缘好像特别中意清静的地方,从不爱凑热闹。

今天确属例外。

"下不为例吧。"他说,"今天我想隆重些。"

他将一个小黑丝绒盒子放到桌上。"秀雯,送你件礼物。"

她直发呆。

成墨缘微笑了,"至少赏光看一眼吧。"

沈秀雯把盒子打开来。一枚细细的铂金戒指,中央嵌着不大不小的一颗钻。款式典雅,很精致。

她只觉头晕目眩。替朱燃看了一整天首饰,从项链到耳环到戒指到胸针,现在乍一看见这个给自己的,完全反应不过来。

他观察着她的表情,倒有点吃不准了。"不喜欢吗?"

"啊,不,我……"沈秀雯大大地喘了口气,"我在周生生看到过一个差不多的,不过钻托的花型没这么漂亮。好像是一万多块吧。"

语音方落,她的脑袋里便"轰"的一声——说错话了说错了!果然瞥见成墨缘脸上掠过一丝阴云,沈秀雯又急又躁,只好硬着头皮继续:"谢、谢瑞麟也有一个同款的,就是钻、钻更大些。还有……老凤祥的款式就都比较旧，他们的黄金首饰式样还多些……不过，不过戒指的话就不行。我觉得项链吊坠的设计，也是周生生的最新潮……"她再也说不下去了，心想我干脆死了算了。

成墨缘满脸诧异。"秀雯，我不知道你还是首饰专家？"

"我不是。"她简直要哭出来了。

"那是什么？"他的手搭在她的手背上，煞是温柔。

沈秀雯花了好大一番力气，才把给朱燃挑选首饰的经过交代清楚。成墨缘一直安静地听着。末了，他才轻轻地叹息一声，"秀雯，你说得我倒有些嫉妒你那位朋友了。"

"为什么？"

"因为你这样关心她。"

沈秀雯的心狠狠地荡了一下。直到此时她方能鼓起勇气正视他，听到他说，"我已经完全明白你的意思了。那么你呢，明白我的意思了吗？"

静默片刻，他说："秀雯，我在向你求婚。"

沈秀雯无法回答，她被幸福的狂涛淹没了，需要一些时间才能挣扎上岸。

可是，上帝没有给她时间——

突然成墨缘好像发现了什么，神情顷刻变得很不安。他俯身向沈秀雯，压低声音急促地说："秀雯，我们必须立即离开这里。"

"现在？"

"快走！"

他拉起她的手就往餐厅门外疾走。等餐厅侍者注意到追过来，他们已经到了街沿。成墨缘不顾满街的滚滚车流，带沈秀雯小跑着穿过马路，又一头钻进侧面的小弄堂，连续地七拐八绕。好不容易在一处僻静的夹墙外站定，沈秀雯早已不辨方位。

"墨缘，出什么事啦？"她气喘吁吁地问。

他不作声，眉头紧锁。沈秀雯第一次发觉他的面容有些可怕。又隔了好一会儿，成墨缘的神态才略微松弛下来。"我似乎看见了个熟人，就是——那种不想见的熟人。"

沈秀雯点点头表示理解，其实她并不。

"对不起，吓到你了吧？"他说，"也可能是错觉。总之不该挑今天这家饭店，是我失策。"

沈秀雯又点点头。

成墨缘突然笑起来，"我像不像一个逃犯？"

"啊？"

他看着她，仍然含着笑。可是她仿佛能看见那笑容后无边的凄凉，还有孤独。

沈秀雯想说是逃犯也没关系，或者更好。唯此她才不需要因自卑而彷徨，才能确定这段感情的真实性。但是，她什么都说不出来。

成墨缘默默地将她搂进怀中。周围寂静，从很远处传来一两声汽车喇叭响。

"啊呀！"沈秀雯突然叫起来，"戒指，戒指忘掉了！"

"算了。戒指掉了就掉了。"

番外之一

"那怎么行？一万多块钱呐！"

"咱们不是也没付餐费嘛。"

沈秀雯瞪大眼睛，"一万块可以抵多少顿饭啊。"她还想回去找，却被他在额头印上深深一吻，"别再想了。我会给你更好的，相信我。"

她隔着泪水看出去，面前的那堵墙扭曲变形，猜不出后面躲着什么。却叫人感到深深的恐惧。

沈秀雯当然相信成墨缘，无条件、无限度地相信他。但同时，女人的直觉从体内的某个角落发出尖叫，阴森而决绝。

沈秀雯心里明白，戒指的失落就是个确凿的预示——命中注定不是她的，永远不会属于她。

在恋爱的时候，男人总要比女人天真些。

去顾风华的江景新居参加暖房Party，自始至终景雪平都沉浸在狂喜中。从不滥饮的他，那天居然破例喝了点白的。连顾风华都来劝他，喂，兄弟你可别乱来啊，还有个大肚皮老婆要你照顾呢。

他不会乱来，他只是太开心了。

和景雪平的喜形于色正相反，他的大肚皮老婆朱燃整晚都很沉静。快八个月了，体态方面自然不能计较，可在景雪平看来，朱燃仍是在座所有女宾中最美丽的。他的目光离不开她颈上那束鲜红色的火焰。

景雪平对珠宝首饰毫无心得。若真从他的眼光来看，这串项链的颜色和花型都太夸张了。那么多红色小碎钻拼成的火焰形状，虽则精致，但在灯光下也太过耀眼了，晃得人心都会乱。所以当沈秀雯交给他这条项链时，他多少还有些担心。

事实证明，他的担心纯属多余。

朱燃戴上项链后的效果美得惊人。她一向打扮得素净，衣服不是白就是黑。景雪平怎么也没想到，红色居然这样衬她。

是咯，他乐滋滋地想：我的朱燃，她本来不就是一团火嘛。

现在他们告辞离开了，朱燃不想立即搭出租。她要在这个滨江小区的花园里散散步。医生说过，现在这个时期，多走动走动有好处。

景雪平把薄夹克搭在妻子的肩上。夜有些深了，虽然是夏天，从江面上吹过来的风还是凉的。

"你看到今天简琳的眼神了吗？"

"唔？……没注意。"他眼里哪容得下别的女人。

"你这人啊，就是迟钝。"

有点儿嗔怪的口吻，但又不像真的嗔怪。景雪平保持沉默，他的心就像在一片碧湖中载沉载浮的扁舟。

前方有座小凉亭。木桌木凳，树影婆娑。

"我们在这里坐一会儿吧。"他担心累到朱燃。

无名的小虫在脚下鸣叫，遥远的汽笛一声起一声落。

朱燃问："你看前面那些黑黑的是什么？"

"应该是在建的楼盘吧。"景雪平答道，"今天顾风华提到过，这个小区还要建二期和三期。不过，那些离江就远了，景比不上他的

番外之一

房子。"

"他总能找出得意的理由。"朱燃轻轻地笑。

景雪平也笑了,"可不是。"

"你呢,你有没有什么得意的理由?"

"我只有一个理由。"

"唔?"

景雪平想说,这一个理由就足以令他确信,自己便是上帝从千万人中甄选出的那个幸运儿。但他到底不是顾风华,说不出那么肉麻的话。只能愣愣地望着妻子,似笑非笑。

在他的目光下,朱燃不由自主地扯了扯肩头的薄夹克——

"咦,项链呢?"她的脖子上光秃秃的。

两人上上下下找了个遍。一无所获。

"丢了?"

景雪平有些发急,"会不会掉在顾风华家里?"他立即掏出手机打过去。顾风华也说没看见。

"大概是搭扣松了,要是掉在草坪上就难找了。"朱燃沮丧地说。

"我去找!"

"你疯啦!"她一把抓住他,"到处黑黢黢的上哪儿去找。"

"不不不,必须找回来……"

"也没什么大不了的。"朱燃宽解他,"不值钱的东西。要的就是款式新颖,今天戴过这一次,以后我也不会再戴。掉了就掉了。"

景雪平直跺脚,"那怎么行!"看样子他真急坏了。

朱燃生起气来，"我就看不惯你这样小家子气。项链我不要了，也不许你去找！"

"可是……"景雪平跌坐在长椅上，"完了，完了。"他捶着脑袋，"这下我怎么向秀雯交代。"

"沈秀雯？关她什么事？"

景雪平哭丧着脸，"朱燃，这项链是她借给我的。"

"啊？你不是说是花几千块从一个专门做仿制首饰的人那里买来的吗？"

这下他只好老实交代了。是沈秀雯的香港未婚夫送了她这条项链做订婚礼物，她慷慨出借，让景雪平先拿来给朱燃出风头。

"借就借了，你为什么要骗我？"

"秀雯是觉得，讲实话你肯定不会要的。"这还用说。

"我还是去找找吧，人家的订婚信物啊！"景雪平又要往外蹿。

"你给我站住！"她伸出右手，"看看。"

景雪平一阵眼花缭乱，那蓬火焰在微暗的月光下都亮得吓人。他说不出话来。

"我就知道事情没那么简单。想骗我……"朱燃很是得意，"还有沈秀雯，你们两个这回居然联上手了。哼。"

"吓死我了。"景雪平长出口气，"赶紧，赶紧收好了。"他兀自心有余悸，"要是真丢了，我到哪里去找一模一样的赔给她啊。"

朱燃咯咯地笑起来，"那不成了莫泊桑的小说了？"

景雪平不禁也笑出了声。

番外之一

"这样的做工和款式,国内确实找不到。不过钻肯定是假的,要不然十万二十万都拿不下来。" 朱燃还在研究项链,"沈秀雯这家伙,平常连相个亲都要和我商量半天,居然闷声不响地订婚了。不行,这回我绝饶不了她。她到底找了个什么样的人?连我都要瞒……"

景雪平只顾紧紧地搂住妻子,好像连她也是失而复得的。

他很想为秀雯说几句好话,又觉得没有必要。朱燃那么聪明,不会不懂他和秀雯对她的一片赤诚。

最最重要的是,今夜的朱燃快乐、恬淡、满足。使他相信,所有付出都是值得的。

景雪平崇拜朱燃,就像原始人崇拜火焰。即使存有星火燎原的巨大危险,也阻碍不了他全身心地向往黑暗尽头的光。

只有她,能带给他超越庸常的激情。

景雪平不知道,即将到来的孩子会将凡俗与梦想的战争推向极致。他会不得不面临抉择,是将火焰永远地浇灭,还是化身为木炭,焚毁自己来让那点火种尽情燃烧。

但在景雪平的记忆中,今夜始终是他一生中最幸福的时刻。

因为——看得见光。

"哎哟。"朱燃轻轻地叫。

"怎么啦?"

"孩子在动呢……"

景雪平兴奋地把脸贴在妻子的肚子上。

孩子等不及了,他急着想看到这个世界呢。

快了,快了。

番外之一

番外之二

十年过去了。

时间是绝对的。

刻度精准，对所有人一视同仁。十年，不会为任何人多出一分或少掉一秒。

时间又是相对的。

二十岁之前，在白璐的世界里，一年、五年、十年乃至二十年都没什么区别。她只看见昼夜交替、四季更迭，老人们如枯叶飘零，一片接一片归入尘土。她的世界是一个与尘世相隔遥远，在平行轨道上独自运转的小宇宙。在这里时间没有意义。

直到，那个叫景雪平的人侵入，改变了她的轨道。

跟随着他的死亡，白璐走进全新的时空。

起初她带着明确的目标和计划行动。对所谓的父亲纪春茂，白璐压根就不认识他，又怎会关心其命运。寻父和报仇，不过是她的幌子。真正吸引白璐的，是景雪平和朱燃的故事中那炽烈如火的爱与恨。

她想知道，什么样的爱值得以命相搏？

所以确切地说，白璐并不恨朱燃，而是在嫉妒她。

当宋乔西告诉白璐，事情到此为止时，白璐没有反对。但随之陷入深深的迷惘。在沸反盈天的尘世里走了一遭，到头来她发现自己仍然是个局外人。

无家可归。无事可做。孑然一身。

宋乔西说，要不我去问问成先生，看他能不能帮你安排。

过了几天，他带她去见成墨缘。

这是白璐第二次面见成墨缘。

第一次她紧张得全身发抖，好不容易才把所知道的慧龙、纪春茂和景雪平等等的关联讲清楚。直到离开，她也没敢正眼看成墨缘。

第二次好了很多，她能比较从容地回答他的问题了。

乔纳森说你想找个事做？

是。

你会操作电脑吗？

基本上……不会。

英语呢？

也不……

那么你会什么？

我……会开车。

可我已经有司机了。

……他沉默片刻，又问，你过去都做过什么？

我在养老院服侍老人家。

是吗？

白璐壮起胆子看了成墨缘一眼，又赶紧低下头。心里像被什么东西扎了一下。

等了好一会儿，她才听见他说，那正好，这里正有个老人家需要服侍。

事情就这么定下来。

在会所里给她安排了一个小房间，白璐搬进来住下。很快发现，成墨缘的身边有秘书、医生、护士、司机、厨子和佣人，以及宋乔西这个无所不能的助理。她还是无事可干。

所有人都很忙碌，成墨缘自己的日程也安排得满满的。白璐连见到他的机会都不多。偶尔，当他想起她时，会给她安排一两桩杂事，例如整理文件什么的。但更多的时候她只是干等着。这种情形，倒是和她刚到朱燃身边很相似。

宋乔西给她送来iPad，装了一大堆游戏，还教她下载电影电视剧。他又带她上街，逛博物馆、名品店甚至美容院。真的是逛，因为每个地方都是进去兜一圈就出来。白璐对一切都提不起兴趣。连手机都被她扔进抽屉。通讯录是空的，朋友圈里一个联系人都没有。她的存在对现实世界不具备任何意义。

白璐意识到，养老院的小宇宙一直跟在她身边。她又回到了与世隔绝的轨道上。

宋乔西黔驴技穷，给白璐搬来压箱底的金庸全集。他发狠说，这回要是还不喜欢，我就再不管你了。

距离养老院五公里的镇上有图书馆，白璐的基础教育就是在那里获取的。不过她从没看过武侠小说。

她真的读起金庸来了，居然津津有味。成墨缘离开上海一个多月，她就在他的书房里看书。从早看到晚，十分惬意。

那个深夜，她还在书房里看《笑傲江湖》。意外地，成墨缘回来了。

他看起来非常疲倦，又很兴奋。见到白璐也没有生气，反而叫她留下。他给她看一条项链，鲜红色的钻石吊饰像蓬勃的火焰。

成墨缘解释说，红钻是彩钻中最稀有的品种。这条项链的火焰花型以几十颗大小红钻拼成，价值连城。若干年前他在拍卖会上买到这条项链，十分珍爱。后来一度破产逃亡时，他也把这条项链带在身边。但终未躲过债主追索，项链被夺去抵债了。就在前些天，那个曾经的债主也破了产，财物清偿，他又在拍卖会上，以数倍于前的价格买回了这条项链。

白璐犹豫了一下，说，我听人讲起过一条红钻项链，火焰形状的。似乎有点像这个。

哦？说来听听。

她开始讲这个关于爱、幸福、得到和失去的故事。重病的景雪平曾反反复复说过好多遍，她早就听熟了，所以讲述得十分流利。

她讲完之后，成墨缘陷入沉思。良久，他对她笑一笑，"可不可以请你把项链戴上，我想看看。"

白璐戴上项链。成墨缘看了许久。"不错。"他终于说，"你自己喜欢吗？"

番外之二

她红着脸摇摇头,"太隆重了,不适合我。"她把项链摘下来,小心翼翼地放回丝绒盒子。

"确实,不太适合。"他表示同意。

白璐离开了成墨缘的书房。

现在她只能躲在自己房里看金庸了。

又过了几天,成墨缘把她叫去,交给她一把车钥匙。

"乔纳森说你成天闷在家里,自己开车出去玩玩吧。"

白璐在车库里找到那辆红色的宝马Z4。发动时车子一下蹿出去,把她吓了一大跳。开始她还有些激动,在街上转了个把小时后,又把车开回来。再没动过。

成墨缘问她:"为什么不多开开?这车我给你一个人用。"

"不知道开到哪里去。"她老实回答。

他想了想,说:"我们出去吃饭吧,我知道一个地方。"

她当然不能拒绝,"要我打电话叫司机吗?"

"你不就是司机吗?"

白璐这才明白成墨缘是要她开车出去。

初夏时节,空气好得出奇。微风和煦轻暖。

在成墨缘的指示下,白璐把车开进一条窄街。路两旁的梧桐树冠在街心上空相遇,斑驳的阳光从树叶的缝隙间洒下来。

白璐自小生活在岛上,对这样典型的老上海市区一点儿不熟悉。她见两侧都是极其老旧的二层民居,不像会有上档次的饭店。

成墨缘叫她靠边停车。

"就这里。"

一爿开在民居底楼客堂的小食店。最多不超过十平米。七八张长方小桌，地砖油腻肮脏。店里已有几个食客，一律向他们二人和那辆跑车行注目礼。

在最靠外侧的桌边坐下，成墨缘熟门熟路地要了两碗菜肉馄饨。

"二十八块。"店里就一个人招待顾客，既是跑堂又是老板。

成墨缘低声对白璐说："我读书时一碗馄饨才一毛钱。"

她真喜欢这样陪在他身边，看着他，听他讲话。

馄饨确实好吃，而且量很足。吃完后，成墨缘领着白璐沿小街向前散步，走了一段之后，突然峰回路转，铁桥就在前方了。

"真不敢相信，几十年就这么过去了。"他说。

当天深夜，成墨缘发病，被紧急送院。没人让白璐去医院探望，她只好在家里傻等。不巧宋乔西正在欧洲出差，连个通风报信的人都没有。此时白璐才发现，成墨缘身边的人都对她很有看法。她虽一向远离尘嚣，却也懂得世故。禁不住感慨世态狰狞。头一回，白璐有些理解朱燃的心境了。

她在日夜煎熬中度过整整一个礼拜，金庸是一页也读不下去了。

终于成墨缘出院回家了，白璐找到机会溜进他的卧室。

他躺在床上，双目紧闭。有一刹那白璐真以为他死了。腿一软，便跪倒在床边。成墨缘听到响动，睁眼看时，却是她涕泪纵横的脸。

"你哭什么？"

番外之二

他这一问不打紧，白璐哭得更凶了。好半天才哽咽着说："……我害怕。"

"怕我死？"

白璐点头。

"不会的，你放心吧。"他抚摸她的头发。

"请让我服待你。"她恳求说，"我什么都能做。"

"何必？服待病人是最辛苦的。"

"你叫我来，不就是为了这个。"她死死地握住他的手，"我什么别的都不会，否则就只能走了。可我真的没有地方可以去……求求你。"

于是从那天起，除了需要专业医技的活儿，白璐为成墨缘做一切事情。她并不感到尴尬，过去她为老人们，为景雪平都做过。她也不觉得特别劳累，重新做起习惯的事，她的心里踏实多了。

也许是她精诚所至，成墨缘恢复得很好很快。整个人的状态大有改观，甚至有精力筹划起开发铁桥边那块囤积多年的土地。

入冬后的一天，成墨缘让白璐当模特儿，拍摄一张给新建楼宇的海报。白璐挺意外，但她对他言听计从，让干什么就干什么。

拍摄时，成墨缘亲自指挥了一整天。白璐没想到的是，自己居然很适应这件工作。不论成墨缘还是摄影师，都对她的表现相当满意。白璐也蛮期待能看到成片。

可是成墨缘累着了，第二天便有点起不了床，只好取消了所有安排，在家中静养。

午后，成墨缘在长窗前的沙发上休息。白璐远远地坐在一边，手里还是捧了本金庸。时不时翻一页，借以掩盖她的忧虑。

"看到哪一本了？"他随意地问。

"《天龙八部》。"

"哦，全集都快看完了吧？"

"已经看完一遍了。这是第二轮。"

成墨缘失笑，"应该叫乔纳森再给你搬点梁羽生和古龙来。"

白璐不吭声。

他叫她，"过来，到我这儿来。"

白璐走过去，把头枕在成墨缘的膝盖上。

"还真打算做武侠小说专家？"他轻轻抚摸她的头发，"其实我觉得，你可以考虑做平面模特儿。会很有前途的，又不需要文凭。好不好？"

白璐仰起脸看他。

"如果你愿意，我可以给你安排。让乔纳森当你的经济人，他会非常起劲的。"见她不回答，他继续说下去，"你将周游世界去拍片，忙得日夜颠倒但是会很充实，见许多世面。说不定有一天，还会成为大明星。我的眼光不会错。"

"那我就不能服侍你了。"

"傻孩子，你总不能服侍我一辈子。"

"不。"白璐坚决地说，"我不要做模特儿。我哪里都不去，就待在这里。"

番外之二

成墨缘叹口气,说:"过去我一直觉得自己的心很硬,什么都不怕,尤其不怕死。但不知为什么,最近我发现我变了。可能是老了的缘故吧,有点多愁善感了。你呢,白璐,你觉得我的心硬不硬?"

白璐很认真地想了想,答道:"您的心比别人想的硬些,比你自己想的软些。"

他用力把她紧抱在怀中。

"别赶我走,"白璐喃喃地说,"也别死。永远不要死。"

三天后,成墨缘就去世了。

白璐没有流泪,也根本轮不到她哭。她对周边的混乱置之不理,依旧躲回自己的小房间,看金庸。

律师来找白璐签字,成墨缘留了些东西给她。

是那辆红色宝马跑车,和那条火焰钻石的项链。白璐听见旁边的窃窃私语,瞧瞧,总共才跟了一年不到的时间,就拿到一千多万呢。

她必须离开了。

白璐把项链戴到脖子上,又在外面裹上厚围巾。从车库开出宝马,一路开到怀旧区,将车停在铁桥下。她坐到铁桥对面的街边,一动不动,直到夕阳从铁桥的另一侧坠下。

她还是原来的她。

无家可归。无事可做。孑然一身。

"原来你在这里,我找了你一整天。"

白璐瞥了一眼宋乔西,他刚刚来到她身旁,样子有些憔悴。她冲他点点头，突然没头没脑地说："《雪山飞狐》，我还差一点儿就看完第二遍了。"

宋乔西闷闷地问："看到哪儿了？"

"第二十章，恨无常。程灵素为救胡斐，决定牺牲自己。临死前她对胡斐说，'我师父说中了这三种剧毒，无药可治，因为他知道这个世上没有一个医生，肯不要自己的性命来救活病人。大哥，他不知我……我会待你这样……'"她讲不下去了。

宋乔西伸出胳膊，白璐把头靠上去。她的眼泪终于痛痛快快地流出来。

怀旧区里已经很热闹了。一伙又一伙人从他们身边经过，欢声笑语不绝于耳。

宋乔西低声念起来："亲戚或余悲，他人亦已歌。"这位MIT的数学博士还是个中国古典文学的爱好者。

白璐猛地坐直身子，"你说什么？"

宋乔西被她的神色吓了一跳，"陶渊明的诗。你没听过吗？后面还有两句：死去何所道，托体同山阿。"

她的心脏骤然停顿，随即更加狂烈地跳动。她仿佛看见，一直跟随左右的小宇宙轰然爆裂，那层包裹她的巨大薄膜被炸得粉碎，如风中的樱花撒遍天地。

亲戚或余悲，他人亦已歌。

他的离去，不就是为了她把过去和将来连接起来吗？她无权让他失望。

番外之二

"乔纳森,海报的小样出来了吗?"

"刚出来。我在广告工作室看过了,棒极了!要我带你去看吗?"

"马上。"

把油门踩到底,红色跑车像一粒子弹般发射出去。在引擎的轰鸣声中,她听到有什么人在说——纪白鹭,来迎接你的人生。